別著花的流淚的大象

蔡素芬——著

目次

別著花的流淚的大象

木製柵欄前面擠靠著大人小孩，他們的身體壓在柵欄上，孩子跟大象揮手，希望大象走到柵欄邊，柵欄的內圈還有一層柵欄，這是為了讓大象站在內圈那一層，鼻子伸長出來時，不至於碰到人群。

大象站在飼育所邊，後面是岩壁，大小不等的石塊間，擠挨著細小的草葉，岩上種植的樹木，靠大象這邊的幾乎都禿了，那些樹葉細枝總是一冒出來就被大象的鼻子捲進嘴裡，連樹皮也遭殃。大象不能靠那幾棵樹，光靠那些樹，活不過一週。

他給牠送來食物，八年了，他成為動物園的動物飼育員八年了，他不只餵食牠，在規畫為大型動物區的園區內，大象的左鄰右舍他都要照顧，但被區隔為兩個欄位的大象，他總逗留最久。

他剛把三大綑的樹葉扔進柵欄裡，在近閉園的時刻，這個餵食動作是表演性質。早上還沒開園時，他是將草放在可以供大象遮風擋雨的飼育所裡，大象在所裡度過夜晚，他開著小板車將飼料送入柵欄裡的飼育所當大象晨起的禮物，然後就等到下午閉園前，將樹葉丟入柵欄裡，觀看的大人小孩都可以來捧起綠葉繁密的樹枝往裡頭丟。

他將樹葉往柵欄裡扔時，孩子和他們的家長也來到板車，撿拾板車上剩餘的樹枝往裡頭丟，他提醒他們，不要砸在大象身上。那些軟弱的枝葉有時掉在內外圈柵欄間，他會等到閉園後收撿到飼育所的地上，入夜後，大象走進所裡時，牠的鼻管會把枝葉收拾得好像不存在過。

大象從岩壁邊走過來，孩子們興奮得又叫又跳，踩上柵欄的底層，探身向大象揮手，大象搧動雙耳，走到樹葉前，鼻管舉向上又彎曲向下捲動樹枝，將一長枝上的葉子連枝帶葉捲進嘴裡。牠對孩子們的叫鬧無動於衷，很專心的捲著樹葉，有個臂力特大的男孩子扔來一截樹枝，樹枝從大象的眼前擦過，大象舉起鼻子向長空鳴叫。他急忙走到男孩身邊，將男孩拉開，告誡：「不可以向大象用力扔，那很危險！」男孩嘻笑，躲到父親身後，那父親說抱歉後，將這將近十歲大的孩子帶開了。

大部分的客人不會這麼粗暴對待大象。他仍站在那裡看著，到園區廣播起閉園時間已到，請遊客離開後，他才將板車開離。

一週有兩天提供給遊客餵食大象的樂趣。然後另兩天是長頸鹿。他總等到最後才離去。並且確定動物的情緒都穩定。

那差點給樹枝砸到眼的大象，在遊客離去後，走到岩壁前的水坑呼嚕嚕飲水。他看牠飲過水後，站著不動，像牠慣常那樣。他才放心離去。

打卡離開園區，天都暗了。脫下工作服換回原來的衣服，擠在公車裡，仍覺得自己身上飄散著動物的飼料味和糞便的味道，帶著腥氣的草味。但他旁邊的乘客並沒有一個人避開他，他們拉著吊環，手臂與身體因公車的煞車，有時碰在一起。難道他們都沒聞到嗎？他心裡很納悶。突然又想，聞到又能怎麼，大家不就在公車裡，能跳出窗嗎？每天上車他總要這麼想一回。他不得不想，因為回家後的第一件事，他必須去沖澡換下衣服，自己把衣服拎到洗衣機沖洗，太太不能忍受他衣服上頭髮上飄散的動物糞便味和飼料味。別的同事沒這個問題，他們說，那味道微乎其微，連家人也聞不到呢！

嗅覺靈敏的太太總比他早下班回家準備晚餐，他洗淨身體吹乾頭髮時，飯菜也都上桌了。兩個讀小學低年級和中年級的兒子也規規矩矩坐在餐椅上，他們吃得很安靜，生怕弄出一點碗筷碰觸的聲響，媽媽吃得更安靜，她七十歲，三年前父親過世後，媽媽就過來和他住，沒有別的選擇，兩個姊姊都各有家庭，他是家裡唯一的兒子。媽媽將原來的房子出租，每個月的租金都交給他的太太，好像付房租似的，在這裡有地方睡有食物吃，太太對於拿到手邊的錢，沒有不歡迎的，她天天打理一家人的飲食，在固定的時間，把飯菜端上桌。

他也在固定的時間把樹皮樹葉送到大象的柵欄裡，固定的時間清理牠的糞便。大象老了，這頭母象是亞洲象，早已沒有生育能力，牠在動物園產下的小象如今已是精力旺盛的大象，圍在另一格柵欄，與其他再購入的大象在一起，至於大象父親，早就因太老而過世了，動物園還為牠辦了一個紀念會，製作許多相關產品，將牠的圖像印在徽章上、毛巾上、帽子上、杯子上，那些產品如今已從商品陳列架上消失，不再生產。動物園裡永遠有新的明星。而他照顧的這頭大象就如當初那頭老象的命運，被獨自隔離在一個柵欄圈裡，牠有心臟病和憂鬱症，雖說性情溫和，但為了防止憂鬱症發作時驚擾其他的象，動物園讓牠獨自住在一個欄圈裡。早上他去餵養時，大象有時還在飼育所裡，有時已經繞著柵欄不斷走路。他從牠走路的姿勢觀察牠的情緒，他寧可牠在走路，他難免擔心在飼育所裡，牠一腳踩死他，壓在一隻四噸重的大象腳下可是一件要命的事。

「你想什麼呢？」太太問他。

「我吃飯啊！」

「你的眼睛沒看著飯沒看著菜，也沒跟我們講一句話，你的心不在啊！」

現在他才看見了眼前有乾扁四季豆、煎肉魚，有炒高麗菜，以及燜豆腐，太太的家常菜天天鎖住了他們，太太不喜歡出門用餐，她說那些菜都沒洗乾淨，碗筷也不乾淨。

「哦！」

「就這樣?你今天帶回來的話就這樣？」

媽媽低頭慢悠悠的吃著。媽媽的身體還算健康，每天可以自己到社區附近散步，替太太把曬乾的衣服摺好歸到各人的衣櫥裡，但她不能進廚房，太太說：「媽媽眼睛不清楚了，菜洗得不夠乾淨，油醋不分。」

媽媽頭都沒抬一下，兩個兒子只顧著聽電視的聲音，那是唯一允許在用餐時刻開著的電視，太太說：「用聽的比用看的好，看電視容易近視，聽聽就知道演的是什麼。」

「哦，」他說，「剛才回來的那班公車人很擠，還好，在我們的前一站，人差不多下了大半。」

「這你說過很多次了。這次車上有什麼特別的人嗎？」

「沒有。」

「沒有？」

「有。有一個男士很胖，像大象，一個就占了兩個身體的位置。」

「他沒位置坐？」

「沒有。跟我一樣站著，也是從動物園那站上車的。」

「所以，他妨礙了你？」

「沒有。」

「沒有？」

「有。我看他猛冒汗，讓我也覺得好熱，我也冒汗了。」

太太似乎不滿意他的答案，直斥他：「無聊。」

他縮著脖子，感覺胃被他縮了起來，胃口也變差。他想到大象退到岩壁喝水時，步履很緩慢，好像整個身子都縮起來，黃昏暮色照在牠皺褶很深的皮膚上，好像大象應該回到一座森林裡去休息，但沒有，只有岩上幾棵禿了一半的樹觀視牠喝水，他怎麼就非要看完牠喝水才肯開著板車離去呢？他是知道大象不會讓自己渴著的。

太太在收拾碗筷，洗碗的工作輪到他。太太倒掉殘渣就退出廚房，帶兩個孩子回他們的房間，檢查功課清單。媽媽坐在電視機前，連續劇即將開演，她瞇著眼睛等待廣告時間過去。他洗碗的聲音嘩啦嘩啦的，洗碗精抹在碗盤上滑不溜丟，他真想有個盤滑到槽裡破裂了，那起碼有點異樣的聲響，但他的手太穩了，從來沒有打破任何東西，連掉根針或小紙片都沒有，他的手撫著象皮時，可以沿著牠的紋路像游水般的滑順過去，他感到大象信任他，沒有一絲躁動，亞洲象可以用來馱物載人，就是因為溫馴吧，而他照顧的這頭象可以感知他的手掌可以穩穩的透過撫觸安定牠老年的情緒，連園方也知道他的耐心與手掌的安穩，將老象交付給他。但老象這幾天有情緒，昨天、前天他清晨跨入園裡餵食時，牠的食量變少，今日傍晚遊客來餵食，大象肯走到柵欄邊捲食，他特別感到開心，明天傍晚還有一次遊客餵食活動，他希望大象仍然興致勃勃走向遊客所在的柵欄。

他想到今早大象在他放了樹葉，清了糞便，要關上飼育所往園區工作廊的通道鐵門時，大象踱到鐵門邊。他關上門，上鎖，聽到大象以鼻管不斷撞擊鐵門。他繞到柵欄外觀看牠，牠仍重複撞擊的動作，鼻管磨幾下鐵門就舉起來拍打，一副要開鎖的樣子。他知道鎖是撞不壞的，因此更心疼大象白費工夫。所幸十幾分鐘後，大象覺得索然無味，回到岩壁邊的樹下靜靜的站著，那旁邊的一灘水坑足可讓牠玩一天，但老象常站在那裡，慢慢踱幾步又回到樹下。

喀啷一聲，拿在手裡的沾滿洗碗精的一只飯碗滑向一只躺在槽底的碟子，他急著搶救，反倒把碗推遠，擊在不鏽鋼水槽的邊緣，瓷碗碎裂成三片，還有細小的瓷屑落到槽底，噴飛到其他待沖洗的碗筷上。太太聽到那喀啷聲衝了出來，看見碎片，叫喊著：「哎喲，你怎麼搞的，不想洗就說不想洗，怎麼這麼不小心把碗摔了，這成組的，少一個了，你真是粗心，你從來就不放在心上，你真是一點用都沒有，連洗碗都不會洗……」

他把碎碗撿進一只塑膠袋裡，將塑膠袋口打了一個結，扔進垃圾桶。回頭要將剩下的碗沖淨，但太太將他推開，她動手沖那些碗，她的嘴裡還念著什麼他已聽不清楚。坐在沙發上看電視的媽媽關了電視，往臥房去，兩人在走道碰面，都沒說什麼，他跟媽媽進了她的房，媽坐入床邊，說：「孩子，沒事，你去睡吧。」

他一頭倒在床上，感到沒有過的輕鬆，真的有只碗從他手上滑碎了，他的手不再是那麼萬無一失，他是故意讓那碗滑下去嗎？也許有一點吧，但想想，真的是碗滑下去了。他的手沒抓牢。他知道終有些東西抓不牢的，但也不是壞事，比如他就可以放下那些碗，躺到床上提早休息。他突然同情起太太來了。

牆上的時間才指著八點半，這時睡覺還太早，太太知道後怕不進來叨念，而且媽媽也沒看完連續劇，那連續劇應該九點結束的。他離開床又來到媽媽房間，媽媽仍坐在床邊，夜燈暗，昏暗的側影好像一尊雕像，一動不動。他說：「媽，電視還沒演完，妳回客廳看吧！」

媽媽沒說什麼，揮揮手示意他離開房間。

他說：「那麼我買部電視放妳房間，妳愛什麼時候看就什麼時候看。」

媽媽也沒回答，將桌上的夜燈也熄了。

他走出房間，來到客廳打開電視，畫面是方才連續劇的畫面，他把聲音開大，讓那聲音透過門板傳到媽媽房裡。完成廚房最後清潔工作的太太走過來將那聲音按靜了，說：「要看你看字幕，孩子在做功課，不要吵到他們。」

「低年級有什麼功課嘛？」他感到自己聲音很大，是今天講過最大的音量。

太太看他一眼，把電視畫面也關了。

他不發一言，拎起鑰匙往樓下去。電梯關上時，太太的聲音被電梯不鏽鋼門滅了威風，只剩下一個尾音：「——莫名其妙。」

樓下走幾步路就是十字路口，他走到路口，猶豫要往哪個方向，但他根本不需要決定，本來就沒有目的，只是要出來走走，哪邊是綠燈就往哪邊走，在剩下五秒的綠色行人燈閃爍時，他大步往綠燈的方向走，走下去是一片公園，黑漆漆的，兩盞微弱的路燈，公園後面有個上坡小徑，通向一個小山巒，那裡一片漆黑，過去有兩三座土墳，市府命令遷移，小山徑彎彎曲曲，山坡沒開發，夜裡一盞燈也沒，只是蟲鳴。他繞了一圈公園，三把冷椅，一座溜滑梯，兩個搖搖椅，十分簡陋的設施，聊表這社區確實有座公園。父母不會在夜晚帶孩子來這裡，像鬼域一樣陰森森的，誰會來呢，只有像他這樣不知要往哪裡去的人會坐在燈下的冷椅吧。

坐了一會兒，山巒上的蟲鳴沒有停過，幾隻蚊子在他身邊飛繞，嗡嗡聲很擾人，他也感到露水在瀰漫，只好站起來，繼續走。從公園與馬路間的磚道走到銜接店家，店家在打烊，留著店鋪深處淡淡的燈光，有的鐵門已半掩，城市邊緣區域，店家提早休息，這時不會有太多人在外頭，連路上的車流都變少。他又走了兩條街，折返時店家關得更多，又經過方才的公園，蚊蚋繞著微弱的燈柱瞎撞，地上有蚊屍和腐葉。沒有方向，不知要去哪裡，只好回到紅綠燈過去的那個家。

太太什麼話也沒講，已經換好睡衣準備就寢。這不是他唯一的一次晚間出門，太太似乎也習慣，不打算讓他破壞她的睡眠，她第二天一早要上班，她是守紀律的大賣場早班行政人員。他也是守紀律的動物園飼育員，每天一大早未開園時就要去飼養動物，即使和太太剛認識結婚時，太太對讀畜產業的他原是期盼能擁有一個養雞園，養幾萬隻雞，送往專供餐館用量的宰雞場，不但能當大販子，也利用了她父親留著的荒地。但他不是那個料，他不想當一個養雞場的頭子，成天看著上百隻雞送入宰雞場。

第二天一早，他比太太早出門，來到動物園，先到大象區。多日來，看顧這隻母象像看顧身上一個腫起的包，總擔心著，注意著每天的變化。

大象站在飼育所外閉著眼睛，他趁這時候趕快把樹皮樹葉青草上百公斤重全堆到所裡，便遠遠的站開，清理牠拉在所外泥地上的糞便，要命多的糞便，大象把吃進去的六成都排出來了，他聞慣了，味道腥中帶香，但最好快手快腳清乾淨，免得大象踩踏得到處都是。

大象沒什麼動靜那是最好的，大象即便睡個兩三個小時，也足以支撐牠一兩天的精神，他最喜歡替睡過後的大象擦擦肚子，那裡最柔軟，這頭老象和牠的同伴隔離了，牠缺乏體溫的接觸，他擦牠肚子時，把自己想像成一頭幼象，磨蹭著牠，大象一動也不動，眼裡很溫柔。

他開著載著一袋袋糞便的板車回到處理中心，又換了飼料餵養其他動物後又回到大象這裡來。大象正在飼育所裡享受食物。他感到安心。陽光轉烈，動物園已到處是人，雖非假日，孩子們來校外教學，沒事的大人也來看動物，老老少少，在各動物區間移動。

中午他和其他飼育員有短暫的休息，用過餐後，他們在休息室擺開躺椅小憩一番，有的飼育員會躺到樹下休息，或看一回電視。他們像那些動物，在動物園圈圍的環境裡擺著各人放鬆的姿勢，在那姿勢裡，他們自嘲如動物般失去覓食的能力，靠動物園的薪水過著生活。但事實上，他們以為自己身負重任，動物園不能失去他們，否則怎麼打開門讓遊客進來呢？他們努力維持動物的生命，努力的讓動物有尊嚴，像他照顧的這頭大象，在暮年的憂鬱情緒中，他花更多的注意力在牠身上，他不願意大象的憂鬱困擾牠，或在心臟病中倒下。

下午陽光轉弱時，他們又準備去巡視動物的狀況。今天大象還有遊客餵食活動，他又開著板車去裝飼料，成堆的樹葉樹皮鮮嫩的採收來了，養大象成本很高啊，若不是有園區後面的一大座森林，三頭象每天吃掉半噸多的植物去哪裡拿？

大象的柵欄前如昨天一般站滿了大人小孩，他的板車抵達時，就圍上了遊客，他先扔進一小綑，指示遊客扔擲的方向，大象還站在岩壁那邊，牠往柵欄前的食物靠近時，他就要遊客停止扔擲的動作，他不希望昨天小朋友拿樹枝擲往大象的事件再發生。他看守著，也注意大象走路的姿勢，牠緩慢的，比昨天更緩慢的走向人群所在的柵欄，牠舉起鼻管，在空中轉了一圈又放下來，牠在柵欄前看了看，孩子們作勢想跨過柵欄握住牠的鼻管，一旁的大人拉著他們的衣領將他們攔下來，孩子們便作樣往空中抓了抓。大象往柵欄裡繞圈圈，孩子們呼喚牠來柵欄邊吃食物。

大象又踱回來，很慢的，他看到牠比昨天更老的步伐，天氣並不熱，大象微微搧動耳朵，牠一定感到熱才搧動。還有孩子到板車拿了殘剩的樹枝，他擔心孩子不知輕重的將樹枝往大象扔，彎下身來將板車上的樹枝收拾起來，紮成一綑束起來。一回身望向柵欄，大象已站在那裡了，耳朵上插著一枝紅玫瑰，牠離柵欄近到沒有距離，眼裡有眼淚流下來，是擲向牠的玫瑰花枝飛過眼前刺激了淚液嗎？他望向遊客，不知誰那麼大的力氣，將玫瑰花枝擲得那麼高給大象，且不偏不倚插在大象的耳朵上緣和頸項間，這太危險，萬一刺入眼睛呢？有那麼好的投擲水準，可以去當棒球投手了。耳上別著花的大象看來是頭美麗幸福的象，遊客有歡呼，但不知道玫瑰從何而來。

不管那些歡呼聲，大象帶著牠的淚水走向岩壁。他啟動板車，往飼育所的通道開去。心想著，這頭老象不適合當遊客餵食的玩具，他要建議園方，得停止這個驚嚇動物的舉動。

打開飼育所的鐵門，從飼育所走向岩壁，他站在大象腳下望著牠耳上的花朵，花朵下的淚水，眼眶濕潤，不遠處的水坑也比不上這眼裡濕潤的水氣。他伸手撫摸大象的身體，順著牠皮膚的紋路從前腿的部分撫到後腿部分，大象站著不動，遊客因閉園時間到，紛紛散去，大象低垂著眼睛，他對著牠的耳朵說：「等一下那些人全走了，你去把樹葉吃了吧，那會讓你夜裡舒服一點。」

大象慢慢移動，他也一邊後退，在大象踱步時，他知道得保持距離，雖然從沒看到大象在柵欄裡奔馳，但大象狂奔起來，速度可以達到每小時二十幾公里，是衝得很快的腳踏車，他想躲也來不及反應，所以最好在牠邁步時就快步拉開距離。

他退到飼育所，大象繞著柵欄踱步，在柵欄的另一邊有牠的孩子和孩子的伴侶，牠看都沒有看一眼，低垂著眼繼續走。他站在飼育所門邊看著牠的步伐平穩，雖是比昨天蒼老的步伐和眼神，但只要步伐節奏平穩，他就不必太擔心。

他鎖上門，開著板車離去。又繞到前方柵欄，大象慢慢走向食物處，耳上的玫瑰還沒掉下來，牠來到柵欄邊向他舉起鼻管鳴叫了一聲，然後低頭捲起樹葉。

今天丟的樹葉少，大象將樹葉收拾得很乾淨。和牠前兩天的胃口比起來，顯然進步了，但他也知道，胃口時好時壞，表示大象的心情起伏不定。但不管怎樣，今天的樹葉是吃完了。

暮色從森林那邊降臨似的，一下來到柵欄邊，柵欄上反射的一點餘暉溫潤美麗。他放心的開著板車準備下班去了。

同樣換過裝，同樣擠上公車，懸吊著手在吊環上，搖搖晃晃回家。

回到家，家裡有異樣的氣氛，廚房沒有鍋鏟聲，菜是洗淨在流理台上了，但沒有太太的身影，孩子都在房裡，異樣的安靜，可以聽到風從窗縫竄入的聲息。

他來到孩子的房門口，問：「怎麼回事？媽媽呢？」

「媽媽說奶奶出去散步沒有回來，她得出去找。」

他聞言感到錯愕，到媽媽房間觀看，棉被摺得方方正正，桌上的用品一如平時擺在應有的位置，皮包也擱在櫃子的底層，沒有任何異象。是媽媽迷路了嗎？她在這社區散步不就是如常的路線，還能去到哪裡？

他正打算出門一起尋找，太太回來了，只有太太，沒有媽媽。太太衝口就說：「媽媽一個小時前該回來的，現在外頭天色暗了，我找不到，找不到，她沒說她要去哪裡啊！」

「我去找，可能迷路。」

「她沒有失智，怎麼會迷路？」

「妳看著她出門嗎？手上有沒有帶東西？」

「我又不是沒事幹一直在家顧她，我下班回來她已經不在家了。」

他不理會太太說了什麼，逕自下樓。假日的時候，他常陪媽媽在附近走走，通常繞著社區走幾圈，有時過馬路到公園坐坐。太太既找不到她，必然不在社區，他過紅綠燈往公園去。

公園的坐椅空蕩蕩，孩子們都回家了，夜色逐漸將山巒上的樹影化為朦朧，路燈剛亮，淡淡的光暈照亮飄落地上的枯枝乾葉，沒有一個腳步的痕跡。他心裡有點慌，街道橫縱交錯，媽媽會走向哪裡？他望向彎向山巒的小山徑，往那小徑去，靠著淡淡的燈光，可以隱約看見路的去向，他的鑰匙圈上有一支小小的手電筒，這小小的光線必要的時候可以派上用場，所以他不怕山上的黑暗。

沿著山徑往上，樹木橫生，小徑鋪著柏油，過去也是條開發過的路，如今如蠻荒。走了十來分鐘，昏暗的暮色下，媽媽坐在一顆大石頭上。從那位置看下去，城市人家的燈火一一與夜色相迎。

「媽，妳怎麼在這裡？我們都在找妳。」

媽媽看到他，眼裡突然冒出眼淚，她用手背拭去，緩慢費力的想從石塊站起來，他去扶她，她必然坐在那裡很久了，身體都坐僵了，他手臂施了很大力氣才將她整個身子提起來，他沒想到，媽媽的身體竟這麼重。

「媽，怎麼了？妳哪裡不舒服？」印象中他沒有看過母親掉眼淚，一次都沒有。

媽媽以最緩慢的步伐移動腳步，走了一小段下山的路，腳步才靈活起來。他等她走路平穩了，又說：「以後不要再來這裡了，這條路不好走，晚上也沒燈，很危險。」

下到公園，媽媽說：「孩子，我可以回到我原來的房子住嗎？」

「自己住那裡，沒人照顧，我們也請不起人照顧妳。妳住這裡我每天可以看到，不是很好嗎？」

「你有你的生活，我習慣我的地方，讓我回去啊！」

他知道沒有答案，如果媽媽回到原來的住處，太太不但少了房租收入，還要貼錢給媽媽當生活費，他知道做不到。如果有一個土坑可以躲起來，他希望可以躲進去，漠視土地上的一切。

帶媽媽回家後，飯桌上，太太對媽媽說：「媽，妳這樣不行吔，如果妳走丟了，我們怎麼跟兩位姊姊交代，你兒子也不要做人了。媽媽，就在社區走，不能再遠了。」

媽媽沒回答，她默默的用餐。餐後也沒看電視。廚房的清洗工作都停歇下來後，家裡安靜到像沒人住。

他一直夢到大象，大象安靜站在岩壁邊，大象的鼻管垂下來，沒有一點食慾捲起樹上剛冒出的樹葉，也不吸取水坑裡的水。清晨醒來，好擔心，探看了媽媽好端端還躺在床上後，他比平時早到動物園。

大象耳朵上的花朵還在，花瓣軟場，眼裡流著淚水，讓他驚訝的不是從昨天就流不止的淚水，而是大象蹲坐在飼育所，大象坐下來了，象腿沒力氣，誰能幫忙啊？他趕緊鎖上鐵門，急駛板車往辦公室去，他得通知主管，大象幾乎趴在地上了，誰來救救大象啊！誰來把牠的淚液止住，讓牠眼下的皮膚不致潰爛！誰又來替他開動板車！

他的腳明明踩在板車的引擎油門踏板，為何感到腳是踩在一片輕盈的空氣上，踏板在哪裡？他又猛力往下踩，卻發現腳力像一只破了洞的氣球，衝上天空的那點力氣一下就洩掉了。誰啊，誰來幫忙開板車？他聽到自己心裡不斷迴盪這聲音，而又強烈懷疑，這麼早，辦公室還沒有一個人影上班。

往事

她跟他說她會過來，在中午前有一個小空檔，可以過來看他，聊一聊。

他因此忙碌起來，從昨天她透過網路交談表白可以靠近午休時過來他這裡，他便感到夜太長，幾次彷彿就睡著了，身體卻像惡夢糾纏突然抽搐，人乍醒，她的身影浮上腦海，少女的她，青年的她，以及形影還難以精確想像的，中年的她。

索性不睡，披衣坐在客廳，轉了幾個電視頻道看洋片，眼睛盯著畫面，畫面上的對白沒有一句能進入他的心裡，那些閃過的畫面，也沒有一支能在心裡留下印象。仍讓電視播著，起碼寂靜的空間有點聲音做伴。來到餐廳，倒點威士忌，或許能幫助睡眠，喝了兩杯，回到臥室，暈暈渺渺的，想著她的身影。可能有那麼幾分鐘睡著了，他醒來時，天色漸有光線，從遮光效果不甚好的窗簾透進來。客廳的電視聲音似在撩撥一室的甦醒。腦中又浮現她的面容，在網路上好不容易搜尋到的一張近期照，隨便的相機拍的，解析度很低的一張笑容，和青年的她只是神似，但他知道是她，那淺淺的笑意，在他腦中盤旋了二十年，心情低潮時，靠那淺淺的笑容度過。

在網路中相遇，他曾希望她傳幾張近照給他。她說：「不需要。完全不需要。」

他也沒傳照片給她，她沒要求。

通信一個月後，他一直找機會希望兩人能見上一面。昨晚她說好。

他不預期她會答應。訊息上的文字明明寫著好。輾轉悱惻。窗口的光更明。他細瞇起眼睛望那光線，好像瞬間穿透光，到了時間的另一邊。

*

那地方叫佳樂水，山的岩壁圍繞河流，形成一座內彎的湖泊，石礫延展出灘地，他們都坐在岩石上，散亂的岩石，他們挑可以坐在上頭，腳又可以踢到水的岩塊，她坐的那邊有幾個女生坐一起，大家傳遞一把吉他，有的人隨便撥絃，還不熟練，剛在吉他社練了幾週，很簡單的幾段樂曲。吉他遞到她手上，她低著頭專注的看手指按絃的位置，彈了一首非常複雜的曲子。她清瘦，安靜，淺淺的笑，有點不容易親近，又好似有點什麼都不在乎的隨和，他跳過幾塊岩石，到她身邊，她剛好彈完曲子，將吉他交給另一個女生。他問她：「要打水漂嗎？」他彎身撿了幾塊小石頭，捏在手裡，自己拿起其中一塊，斜斜的擲向湖中，石頭彈了三次，三朵漣漪在湖中輕輕漾開。他又擲了一次，仍然是三朵。

她站到他身邊，安靜得像一股輕風拂來，從他手心挑了一塊小石頭，學他的樣，雙腳一前一後，右手平滑過胸前，使勁將小石擲向湖中，兩跳，兩朵漣漪，第三朵是她臉上漾開的笑容，她看著他，渾圓眼睛像兩朵蓮，仿似把自己交給了他。

那次湖邊聯誼後，第二天，他就去校門口接她。她從門口走出來，往公車站牌走，他的摩托車早等在那裡了，他示意她坐上來，站牌下其他等車的女生都注視她。她穿裙，只好側坐。坐上摩托車，毫不猶豫，雙手扶著他的肩膀，他催油門往前去。

肩上的手忽然輕輕的捶了他一下。她說：「明天到學校，那些一起等公車的同學，馬上要說我有男朋友了。」

「為什麼不是呢？我們可以試看看的。」

「我沒答應你來學校。」

她雖這麼說，手放在他肩上，身子緊靠著他，越坐越緊，他在一個紅燈停下來。回頭看她，他臉上臊熱，她抿著嘴笑。他問：「妳家在哪裡呀？」兩人哈哈大笑。綠燈亮起時，他們的頭碰在了一起。

他沒有直接載她回家，繞道去六合夜市的小吃攤吃燒烤。她問：「你為何穿便服？」他穿的是一件花襯衫。

「我沒有駕照，穿學生制服的話，一下就被警察識破，所以放學後就趕快回家換便服來載妳。」

那年他們十七歲，高二。他讀男校，她讀女校。

自此他每天接她，他總匆匆離開學校，走十分鐘回到家，換上便服騎著摩托車去接她。如果他來晚了，她也會相當有默契的等他。她不再等在公車站牌下。她走到附近一家書店，在書店裡等他，還可在等待的時刻順便翻翻書，也少讓站牌下的女生碎嘴他們的接送情。

最常去的地方是西子灣，他騎到隧道前，那裡有幾處小攤，他在那裡買兩串烤甜不辣，一邊鼓山漁港飄來魚腥味，狹長的港裡總停幾艘小漁船，等烤甜不辣的空檔，她的視線徘徊在那些漁船上，像點名似的，一艘艘看過去。船上有時漁夫在整理漁網，將漁網收攏捲入一只桶子裡，準備下次的出航。甜不辣到手，他騎哨船街，在一個大轉彎的觀海處停下來，兩人坐在臨岸的岩墩上看海，淺灘處的大石上有垂釣的人，迤長的釣竿伸向海中，垂釣人動也不動。

一串三片甜不辣，烤得香甜的味道在他們口中漸漸融化，和海洋的味道一起進了嘴裡，海風迎面吹來，灰濛濛的海平線上暈染夕陽的顏色。

垂釣的人有了動靜，釣竿一拉，一尾鱗片閃著銀色光芒的魚在空中躍動掙扎。她將原來串著甜不辣的空竹叉交給他，加上他的，兩支握在手裡，他起身將它們扔入附近住家牆邊的垃圾桶裡。魚已裝入垂釣者的竹簍裡了。牠或將成為晚餐。她望著海平面說：「將來會是什麼呢？」

他說：「妳要什麼，我會盡量滿足妳。」

一次次，他們在那垂釣者的海岸，規畫未來的藍圖，訴說一個離開學校的青年，應該找到月薪多少的工作，組成家庭後，如果妻子不上班，先生要有多少的收入才符合一個經濟理想的家庭的需要。他說：「妳就在家裡，我可以拿到很好的薪水供養妳。」

「如果我想工作呢？」她表情平淡。

「再說吧，看那工作的收入值不值得妳花時間出門。」

在這種對話後，她通常沒說什麼。只是笑意浮上，頰邊有小小的笑窩，讓他的視線離不開她。他們又望著海時，她的笑容裡有不肯定的未來。

軍艦與商船從海的遠端進來，緩慢駛向高雄港，領航船輕小的船影背後暮色降臨。騷動的青春在岩墩上燒成一個熱燙的火球，成了岸上美麗的夕陽，他攬住她的肩，顧不得旁邊來往的人與岩灘上釣魚的人，低頭吻她，似要將她整個人吻入自己身體裡。

回家已七點了，她在巷口下車。她給家人晚歸的藉口是留在學校晚自習。

到了高三，他們進入升學的備戰狀態。他不再天天去載她。講好的，黃昏後和週末聚在一起念書。為了爭取時間，他們各自在放學後直接去文化中心的圖書館，誰先到，為對方留下一個位置。

他們會合後，先到圖書館對面，高師大旁的巷子吃晚餐，那裡許多店家賣著學生消費得起的麵食，他們常吃刀削麵，粗壯的老闆手勁揉出咬勁十足的麵糰，他們看壯老闆一手拿麵糰，一手拿刀，快速削出一片片的麵條落進滾燙的湯鍋，宛如看著手藝的表演，調劑準備考試的精神緊繃。等麵時，有時他教她解數學題，她難以理解，笑得有點傻，他喜歡那傻，並不在乎她理解了沒。數學考不好，還有文科，她只要摸得著大學的邊就行了。但他要考上好學校，他的成績可以上頂尖大學，要拚的是科系。他要去一個有前途的科系，一個高薪的產業，才能為將來的家庭建立有餘裕的經濟生活。

有幾次他不能趕上和她一起用餐，她等他等過了晚餐時間，他來時，去幫兩人買簡單的食物充飢，那晚剩下的讀書時間已不多。但他是要陪她的，不管有沒有讀到書。在學校受的一肚子氣，在見到她時得到一些釋放，可是他眉頭緊蹙，心裡有塊石頭，投到湖裡會下沉。

是放學時被教官攔下來。他參與的辯論社剛辦了一場交接，新舊社員舉辦了一場辯論，以民主與法治為題，他擔任終辯，在結論時，說了日漸頻繁的反對運動將可能結合力量組成新政黨，以反抗政府的專制。教官因此三番兩次找他去談話，還翻出他曾參與反對運動。其實他只不過站在路邊聽了一場在野人士的政治意見罷了。他不知道教官的線索怎麼來的，還盤查他的家庭，若不是他是軍人子弟，父親掛著梅花軍階，可能還糾纏下去。但這件事讓他心神不寧。誰知道他的父親有沒有因此在單位裡被暗中盤查。

某天他們念完書，他按慣例騎摩托車送她回家，圖書館閉館已晚，他心情浮躁，夜色昏幽，路燈看來特別刺眼。她柔細的手環抱著他的腰，臉頰貼著他的後頸，這溫柔的依偎並沒能降低他的浮躁。在某一個紅燈，他沒停下來，騎過了頭，只好緊急停下。路口剛好有警察，他詛咒自己連警察也沒注意，真是活該被攔。警察真的攔了他。警察要看他的駕照和行照。沒有。沒駕照。但他從口袋掏出父親的工作證。警察看了看，放過了他。綠燈亮起，他前行，那環抱他腰的細瘦手腕不安的移到了背上。她伏在他耳邊問：「為何警察不追究？」

他給她看父親的工作證。某個部隊的高階軍職。

「原來有護身符。」她脫口而出。

他心裡卻更加不安，證件只是備用，無意長期用來護身。決定滿十八歲就去考駕照。

為了平安畢業，他在學校保持沉默，遠遠看到教官就轉向行走。社會科的成績滑落，他要花更多時間背誦。他發現她的模擬考成績也下滑，幾乎天天去圖書館念書了，成績怎會下滑？他們又坐在刀削麵店用餐時，他手指頭滑弄著她的衣袖，臉色卻像秋風一樣冷肅，問她為何成績下滑。她抽回手，不讓他繼續撫玩她的衣袖，她反擊：「為何成績一定要好？我每天來就是陪你，早到為你留位置，讓你有一個桌面好好念書考到好學校。」

「是我陪妳，我大可在家念。陪妳就要妳專心，不然妳坐在那裡都做什麼？」

「我當然念書呀，沒有你那麼好的專注度和理解力罷了。」

「妳一定是努力不夠。不能光在圖書館念，回家也要念，睡前還有點時間。萬一連大學都沒考上，會影響我們的未來。」

她靜默沒有跟他爭辯。靜靜的吃掉半碗刀削麵，就不肯吃了。他如常將麵吃完，心裡盤算如何幫她規畫複習進度。到圖書館閉館時，他將一張規畫表交到她手上，說：「依這進度讀看看吧！」

她坐上摩托車，眼裡閃著淚，他將摩托車停下來，回身抱住她，說：「都是為了我們兩個好呀！」心裡卻是一座火山要爆發，塵煙漫漫，把頭頂的天空都罩住了，他也有自己的成績壓力。

頭上塵煙似乎越聚越多，當他再次看到她的成績下滑到考不上學校的邊緣，感到她非常可惡而不自愛，每天給她一張測驗卷，要她在圖書館完成那張測驗卷，她說她學校給的已夠多了，不需他再給。「可是妳沒進步。」他說。

然後，她不再去圖書館。

他去學校攔她。校門口等不到人。他沿著公車站牌一站站騎過去，觀看她是否在公車中。

有天，他終於看到她站在公車裡，一隻手拉著拉環，面無表情，身子隨著公車搖晃。他搶先騎到下一站，摩托車暫停一邊。公車來時，他跳上車，來到她身邊，拉她往車門去，手勁使力要她下車。她臉露驚慌，匆匆掏出公車月票，剪了票下車。神情還沒恢復過來，他拉著她的手往摩托車的方向一甩，她沒站穩，差點跌跤，他從她身後，以膝蓋頂了一下她的後膝，她便整個人跌跪在地上，他壓住她的頭，不讓她起來。她低下頭，眉頭蹙緊，還講不出話，他就送給她一句話：「為何躲著我不去圖書館？」她還沒回聲，他又說：「妳就沿路跪爬下去，爬到圖書館去！」

她沒動。他推她肩。她也沒動。他手離開她。她拍拍裙子站起來，把肩上的書包扶正。路上的騎士別過頭來看他們。她面向他，露出一個淺淺的微笑，眼眶掛著一顆淚珠。她吸足一口氣說：「成績不是一切。你去當資優生。我很平凡，只想當個平凡人。我只是個愛寫詩愛音樂愛幻想的人，在我的桌前寫詩，我最自在。」一講完，整串的眼淚滑下來，轉過身，往路的那頭走去。他追上去拉住她。他的臉頰必然暴紅，因為他感到燥熱，火山就要噴發。他舉起手，往她臉上刮去一個耳光。她快步跑了起來。他不想徒步追，站在原地，看她消失在下條街口。他慢慢走回摩托車，跨上座，往她消失的街口騎去。但她不在那裡了。從交通繁忙的路口轉進來的這條街，只有零落幾家服飾店，街上沒人，服飾店內成排的服飾，擠滿狹仄的空間。這時下班及放學的人在路上，主婦在家裡。街上比平時更冷清。她在哪裡？他邊慢慢騎，邊往店裡看，每家店都只有無精打采的店員。沒有人影，只有他不知該往哪裡去。

停在某個已然不知何處的街口時，感到飢腸轆轆，胃壁有塊熱石在處罰他，燒灼他的胃。但他要找到她。他想起該去她家巷口，她這時也許又跳上另一部公車，或走路回家，但無論如何總會回家吧。他催加油門，又騎上大馬路，往她家巷口去。

這是他無數次載她回家，放她下車的巷口。已過了傍晚，天色全黑了，三月的氣候仍嚴寒，他坐在車上望著進出巷子的人。或許是她的鄰居，她從來沒介紹過。或許是她的家人，他也從來沒見過。原來他們的世界這麼狹隘的只有彼此，也這麼親密的，兩人就是一個世界。

夜色更深，他的胃更灼熱。八點、九點、十點。每小時的過去，就是一塊大石再一次壓住他的胸口。她已回家了嗎？或者還在外面呢？為何她快步離去？他只不過是想讓她了解他多麼希望她能為兩人的未來更努力。

打開家門，像往常從圖書館念書回來。他去廚房找點東西吃。妹妹已睡了，媽媽聞聲過來問，今天念得還順嗎？他說還順，眼睛沒看她，打開冰箱找些蔬菜丟到煮著泡麵的鍋子裡。媽媽接手過去煮。他去沖澡回到廚房，桌上已擺好一碗煮好的泡麵，還多加些料理，一朵碩大的香菇蓋在麵上。他坐在餐桌前享用。父親打開家門進來，滿身酒氣，一脫掉鞋子，就弓起身子嘔吐，一晚吃的東西全吐在地板上。他聞到那嘔吐物的酸腐味，感到整碗泡麵都吃不下，自己也要跟著嘔吐起來了。媽媽早已去打了桶水清理穢物，父親直接躺在靠臥室的地板上，任媽媽怎麼叫他上床睡，父親動也不動。他想幫忙扶起父親時，媽媽改變了心意，說：「不必扶他去床上了，就讓他在那裡睡，不然床上都是他的酒臭味。」媽媽清好穢物，拿了一張冬毯蓋在父親身上。

父親不止這樣一次被嫌棄。他制服上那三朵梅花，一年總有幾次扛著酒氣回家。媽媽束手無策。父親躺在地板或沙發睡覺，第二天起來又是一條活龍壯漢，講話聲音洪亮，威儀無比。父親對他沒有太多閒話，無非關心課業。家裡每個月的油米還領有配給，媽媽從不批評父親，只是換個方式講。在父親應酬太多時，媽會說：「叫這群人去打仗看看。」父親的證件在某些場合可以避免罰單或取得某些福利時，媽說：「這張證件比人管用！」

隔天他穿好制服要去上學，父親也神清氣爽穿著軍服要上班。看見他說：「怎麼黑眼圈那麼重，有本事的人都不熬夜念書的，你得戒掉熬夜的習慣。」

他並沒有因念書熬夜，他只是無法睡好，徹夜想著她到底回家了沒？

在學校待過渾渾噩噩的一天。放學後他又去她學校等她。

他在站牌下將她接走。載到離學校不遠的一座小公園，愛河在不遠處緩慢流入港口。黃昏的公園沒有人，兩人並坐在摩托車上，身子挨著身子，他環手抱她。

「昨晚妳回家了嗎？」

「你在乎我有沒有回家做什麼？」

「我在妳家巷口等到十點，沒看到妳。」

「你緊迫盯人，還想追打我嗎？」

「妳誤會我了。我只是一時情急。我無意那麼做。我關心妳有沒有回家？」

「你更應該關心我有沒有受傷？」

她講出那樣的話，跳下摩托車，往前面兩排榕樹走過去。他追上。拉起她的手，在濃濃的樹蔭下親她，她背後有幾串樹鬚直直的垂下來，黃昏的餘光使樹鬚的晃動像成串的霓虹閃閃爍爍。她趴在他肩上，悶著頭說：「如果還要走下去，你得收斂脾氣。」

她沒有直接指責他昨日傍晚的行徑，他鬆了口氣。他說：「今晚不念書了，我們去玩。過了今晚，妳還是加點油把書念了。」他看到她臉上閃過一道比即將降臨的暮色還暗沉的神色，但她馬上遞送過來一張笑臉，說：「你們家如果非大學畢業生不娶，其實選擇滿多的。」

「弱水三千，我只取一瓢飲。」他又親她的臉頰，她的唇。她沒再說什麼。隨他上了摩托車。

「那麼，妳到底有沒有回家？」

「總之，我是安全的，不是嗎？今天也如常去上學了。」

他們又去西子灣，慣常看海的地方。她坐在他身後一路無言。他仍舊去買了兩串烤甜不辣。有一天，他們上大學要離開這裡，將來還不一定會在哪個城市生活，也許沒大海可看，在可以看海的此時，就要坐在海前吹吹海風，看船進港。如果有機會回到這城市工作，那麼這段年輕的歲月，也會是他們珍貴的回憶。他這樣想著，不知不覺將一串甜不辣吃掉了。她卻沒吃。

「為什麼妳不吃？」

「突然不想要這味道了。」

他將她那串也吃掉，然後決定換個地方。他將車騎到六合夜市。成排的牛排店，店前站著招攬客人的服務人員，他們隨著一個聲音高亢的男店員走入其中一家牛排店，他還吃得下一盤牛排。熱滋滋的鐵盤端上來，牛排旁的麵條和玉米、紅蘿蔔，及打散的蛋都好像隨熱盤跳舞般，跳得醬汁四溢，他們拿餐巾遮住衣服，等這些食物跳夠了安靜下來。他說：「現在只能請妳吃這些，以後，吃高檔的。」

「吃這些很好了。對我夠了。」

他就喜歡她的簡單，但心裡期許未來有更好的生活藍圖。到他們用餐後手牽手散步時，走到七賢路一座愛河川流其下的橋墩，他看到附近住家樓下正在搬運一部鋼琴上樓。他說：「將來有能力，也會為妳買一部鋼琴。」

「我不會彈呀！」

「妳可以去學。那麼妳就不只會吉他了。」

她沒有說話，陪在他身邊靜靜的走下去。他想看看她的笑容。她卻平靜得像橋下遲緩彷彿不動的河水。那種平靜也是帶著一股力量，可以平息他內在莫名的躁動，讓他以為已脫離高三肅穆的讀書氣息，展開在眼前的是自由開闊的大學生活。

他們又恢復一起在圖書館讀書。春天過去，初夏來臨，越來越逼近的聯考灼燒著時間。有的同學已經受不了時間逼近的壓力，不想成天讀書，放學後先去撞球場打撞球。最大的壓力或許不是時間，是明星學校的升學率，不但要達到最高的數字，還要考上的大學名單漂亮，所以導師極盡所能給予時間迫在眉睫的催促，那催促使日子成為一團擠壓的物質，每個物質都變了形而辨認不出那是什麼。他自估沒有那些去打撞球的同學聰敏，他們靠平時的實力就可以上前面的志願，他絲毫不敢鬆懈。媽媽也常常講著：「你爸是軍人，沒有事業背景，一切要靠你自己。」而父親的態度是早已準備好藉他的好成績做為人生的成就，在同事面前可以炫耀自己教子的才能，在他的飲酒聲勢裡，有一個洪亮的聲音宣告自己的優良基因。

越臨近聯考，他發現她越來越不用心，兩人並坐在圖書館的桌前，她念著社會科，紙上突然就寫起詩來了。他有時碰碰她的臂，提醒她專心，她抿著嘴把紙張壓在課本下，斜轉了個身，阻擋他的視線。他想自己也可以像她那樣，不必將思維都放在考試上，去打打球或參加什麼活動都好，除了不應再去街頭聽在野人士的政治演說，以免給父親和自己招惹麻煩。但他沒辦法分心，他一向管得住自己，懂得處理事情的先後順序。他認為她最需要的就是像他那樣的專心，他將她的身子扭正，她不依的又把背斜對他。他只好規定她，在一小時內做完多少頁的參考書練習題。而她拿書給他檢查時，眼神游移，並不正視他。當然那書裡並沒按他規定的頁數做完。他看到那些空白頁，感到在衝刺的路上，路突然變成一片霧白，不再有方向。

這晚他載她回家時，口氣像一座熔煙已衝開的火山，在某個紅燈停下來的地方，轉頭對她咆哮：「不要再寫詩，不要再彈吉他，要寫要彈都等考完試。妳再不收心，絕對考不上。妳願意不上大學，隨便去找個工作嗎？」她聽到他的咆哮先是發愣，接著像擊出一顆強力的乒乓球，一下敲向他的腦袋，她說：「我去當女工也有尊嚴，比聽你發脾氣還有尊嚴！」他氣得從摩托車站起來，跳開來，她跟摩托車一起跌下地。無防備的她失去重心，隨著摩托車摔在地上，裙角翻開了，書包跳離肩膀滑到小腿處。她膝蓋磨破，手肘急著撐住地面以讓身體穩下來，也磨破皮。摩托車的引擎轟轟轉著，交通燈變綠了，他扶起摩托車，要她坐回後座。她緩慢從地上站起來，拍掉膝蓋和小腿上的沙粒，從書包掏出手帕擦掉膝蓋和手肘上的血跡。他的氣還沒消，唯一安心的是，這條馬路寬廣，樹木成排，人行道夠深，入夜後的車輛往來不多，路旁也少住家，他不怕她跑走。她仍得靠他載她回家。

他不知道她怎麼跟家人提及手腳的傷，心想大概說是滑倒。他們都沒有再提及這件事。

最後一個月，他們的交談變少，他加強複習自己不夠熟悉的科目。她安靜坐在桌前，低頭猛讀書的姿勢像個無瑕的瓷娃娃，白色制服上衣的短袖下露出細白的手臂，側臉因專注而流露著一種不可侵犯的聖潔感，她多麼美麗，讓他願意為她將自己綁架在書前，或說，將他們兩個綁架在書前，以爭取那少於百分之十五的錄取率。

在最後結果揭曉時，他們又去西子灣觀海，那是夜，沉悶的夏，岸上瀰漫潮濕的悶熱，路燈暈染的海面有細細的波浪，有氣無力的推湧。樹影幽暗，他擁著她的肩，影子被路燈拉得好長，和樹影齊排在海岸邊的夜色中。她隨他的腳步遊走，兩人的心情或許都是放鬆的，起碼他是，而她說：「謝謝你分出一份心來催促我，讓我在最後關頭擠上一張船票，好像有一個可以期待的遙遠的地方可去。」

「並不遙遠。我們已經很接近了。」他講得那麼自信。

他如願考上理想的大學和科系，她在私立學校摸上了邊，但他們分屬不同城市，從港都出發後，將在不同城市度過四年，但起碼都有航向，他的規畫裡，有一天他們會再在某個城市會合成一個家庭。

在離家求學前，他帶她遊走城市，開始過一種自由而隨心所欲的生活。他說要游泳，他們就去游泳，他說要打球，他們就去打球。

每個週末，他們南下墾丁白沙灣玩水，在細白的沙灘上，足踝陷入白沙中，一陣浪來推開那些沙，他們逐步走向浪花。沙灘上有人打排球，有人躺著曬太陽，五顏六色的泳衣、比基尼，點亮一片潔白的沙灘。她穿著泳衣的身材成熟窈窕，他追逐她，她卻一直避開他往海水走，他怕她走深了，伸手將她拉回來，她臉上像海水一樣冷的表情有時令人迷惑，但他相信她在蛻變為更成熟的女性時，那偶爾冷肅的表情反而增添了她的魅力。

他們像其他情侶一樣，並肩坐在沙灘上，或鋪上毛巾，躺在沙上，透過毛巾感受沙子的濕涼或炙熱。她趴臥，他的手在她背上游移，她有時側過身子，躲開他的手，若有所思望著海面與人群，他以為她不開心，但她回應他的每一句話。他說：「我們應該在這裡住一晚，晚上出來沙灘，看星星。很多遊客都是這樣的。」

「何必跟人家一樣？」她淡淡的說。她總拒絕跟他在外面一起過夜。他喜歡她的矜持，雖然有時覺得她太過頭，讓他難受。但媽媽一萬次交代，不要讓女朋友懷孕。他認為她是適度的控制了他可能的暴衝。

他沒有別的念頭，認定她是未來的妻子。他們各自完成學業後，還要規畫共同的未來。他轉過身子，手放在她肩膀上，那裡有一些細沙，他揉搓那細沙，往她的肩胛骨推去。她推開他的手，捲起毛巾站起來，又把毛巾扔在沙灘上，往海浪去，她的姿勢那麼堅決，腳步沒有遲疑，沒有回頭邀請他一起走。她步伐優雅，旁若無人。

她在走離他，多年後，他能回想時，感受到那最後一次的白沙灣戲水，是她決定走離他的時刻。

他們北上後，她刻意搬離宿舍，在外租屋。沒有讓他知道地址。拒絕他的電話。他去校園等她。她看見他時，只對他淺淺一笑，像遇到同學一樣的，從他身邊走過。他想挽回，跟著她想跟她講幾句話，她和同學一起，不讓他有單獨和她相處的機會。

像一陣秋風在人生的某個時期掃過，消除了酷暑的炙熱，舒爽了人生，卻淒涼。往後的求學過程，他試圖找她，但她像消失的一陣煙，輾轉得知她參加轉學考，到另一所學校就讀，難道這是脫離他的方式？他鎮日魂不守舍，想找到她。她的家人卻也不透露她的行蹤。他徹底感到自己陷入一個罈底，封閉的，窒悶的空間，像給誰扼住了喉嚨。

＊

一個月前他找到她時，她顯得有點驚訝，她在網路上默默無聞的只是團體活動中標註的一個名，但他從那團體搜尋她，知道她是一家從事國際貿易的業務經理，公司經營的貨品從高雄港進出。他很難想像她從事業務往來時得如何運用她的口才，在他印象中，她柔弱不愛講話，柔靜的美透露一股倔強，或說倔強中透露一種柔弱的妥協的美。他查到她曾出版了一本詩集，可能是大學剛畢業初當社會新鮮人時出版的，而後便沒有出版品。是一個沒有成功的詩人吧。那麼她高中時拚命寫詩，又為什麼？

他跟她通訊時，問她：「為何不寫詩了呢？」

「沒有詩意了。呵呵。」後面還加上大笑的表情符號。

她住的地方可以俯視愛河。她說。

愛河於他們或許在年輕的時候存在意義，但這意義確曾存在嗎？二十年來他有時心裡浮現疑問，那時候兩人到底處在什麼狀況，為何她遠遠的走離了他？但通訊的這個月他沒有問她這個疑問。他想，見面時，看她願不願意談這問題。

他跟她說，他離婚了，她說，她也離婚了，先生原是海事律師。

「為何離婚？」他問她。她送給他一個無奈的表情符號，加上一句註解「不必複習」。

那麼她也不願複習他們兩人的感情嗎？可是她答應見面了。她中午前會過來。

他回到這城市是兩年前的事，父母長居澳洲，當初是陪妹妹念書，後來居住了下來，父親拿到一筆錢，退休後就辦了移民，他不知道他哪來的錢，是心底不想知道。他們長居澳洲，不想回來，也可能不方便回來。每年他去看他們一次。

這房子空下來，兩年前和太太離婚，從台北搬下來住回這房子，轉到一家新成立的資訊公司工作，相當好的薪水，夠他每個月貼錢給太太照顧孩子。他是個顧家的男人，他相信他是。

年輕的時候，她來過他家，等一下她會來按鈴。他要告訴她這些年他經歷了什麼，為何太太要跟他離婚。

他在廚房為她做輕便的午餐，他知道她喜歡簡單的食物，把三明治所需的材料切好，擺在盤上，起司、番茄、燻雞片、酸黃瓜片，還開了一罐鮪魚罐頭，將鮪魚倒到一個純白的瓷皿上，如果她想吃鮪魚三明治的話。等她來了，烤幾片土司，沖杯咖啡，他們會有舒適的寧靜空間敘舊。她沒說她有多少時間可以聊天。他希望她起碼可以好好的、從容的吃頓午餐，沒有時間的壓力。

唱機播放一片吉他音樂，她來時，會感受到他沒有忘記她喜歡彈吉他，第一次看見她，她在湖邊彈吉他，湖光映照著她整個人柔靜如水。拉丁悠緩的吉他樂曲流盪室內，他坐在沙發等她。她快來了。吉他的曲子太容易撥動心絃，他沉入那音樂裡，想像她過去那麼愛彈吉他和寫詩，到底是什麼心情。也許昨夜的輾轉難眠讓他太疲倦，他眼皮沉重，身子陷在柔軟的沙發裡了。

像被一陣風浪打到般驚醒。牆上時鐘指著一點。他錯過了門鈴聲嗎？她應該十二點以前就會到的。難道真是睡沉了，連家裡這麼響的門鈴都沒聽到。他很懊惱，並期待此刻門鈴響起來。他去廚房看那些三明治材料，好端端擺在流理台上，上面覆蓋的保鮮膜反射滋潤的光澤。

他去開電腦，如果她還沒出門仍在辦公室忙，那麼可以線上通訊一下，他不得不抱怨她沒留給他手機號碼，而他給了她他的號碼，她卻沒在這時候用上。

連上網路，進入她的通訊，想看看可不可以聯繫上。但沒有，沒有她的帳號。她取消了帳號，或者從來沒有過帳號。他突然感到整個房子都在往上升，漂浮在空中的房子，窗戶看出去是一片天空的蒼白，他從窗戶玻璃的反照看到自己的面容，比天空蒼白，早生的白髮稀落的覆蓋前額，身後有一隻巨大的看不清長相的獸好似要撲下來，他轉過身去，想正視那獸，卻空蕩蕩的什麼也沒有，只有他昨天晾曬的兩件白襯衫，垂在陽台吊繩下，隨風搖盪。

如煙

一隻鳥飛來，誤撞了玻璃往下跌，如煙想探頭往下望，額頭一下撞貼到玻璃。十二樓。她住十二樓。星期六下午。等一個人。這新剪的短髮，讓她對自己感到陌生。

如煙把側邊的頭髮塞到耳後，整張臉的輪廓就像浮雕般嵌在鏡前空間，短俏的髮尾向外翻起，有點五、六〇年代西方流行的鮑伯頭造型。雜誌上說這是新復古，因而時髦。時髦，她以為自己不再需要這個裝飾品，可仍把短髮剪成了一個流行的復古型。

她坐在一把高腳椅上，反身兩手握在椅背上，側望鏡中短髮身影，鏡子旁是整片透亮的窗。窗外是愛河，河面並不寬闊，流水緩靜。這條河剛活過來沒多久，經過數年的整治，原來浮滿堆積物，溢散臭味的河流，如今成了可以搭船遊河的觀光點。像她這樣的人，還一窩蜂掏盡口袋，搶買高樓層的建物，占據可以遠眺河流的位置。曉慧買在她隔壁，曉慧要的是增值，過幾年轉賣。她要的是一條河流的盡頭，一個遠方。

常常就坐在這高腳椅上看著河面。晚上時分，遊船熒熒燈光在稍遠的河面繞了一圈又返回。深夜的河岸留下幾盞燈光漸淡漸無。白天的陽光則太奢侈侵犯進來，有時得半拉上羅馬簾，簾下玻璃窗只剩對面群樓高低參差不齊的樓影，她喜歡那新舊參雜的景象。這樣不能不說這是個理想的住所了。

但視線所及沒有河的盡頭，河斜向港口，被樓宇吞併。河的盡頭在想像間，想它彎向了海港，轉個大彎向海域流去。遠方在彎外，有這個想像就是遠方了。

曉慧笑她：「妳只會自我安慰，根本看不到河流出處，除非去住哈瑪星或旗津，」曉慧也不失精明，不忘建議，「或找個碼頭邊的建案，住越高越好，再買一間，過幾年準漲價。」

「我沒錢再買一間了。」她老實說。

「想有錢的人不能說自己沒錢，那會觸霉頭。」

但說不說都改不了事實。她想。

門板有敲門聲，她知道那是曉慧，只有住隔壁的曉慧才會以敲門取代門鈴。她沒想到曉慧這時在家，週末的下午，曉慧通常還出去工作。

曉慧的造型有點奇怪，頭上戴了一頂很大的寬緣帽，藺草編織，太陽眼鏡插在胸前的V領衫上，一手提了一只大行李，另一手托了一盤新鮮的草莓。她剛才必定把行李放在地上好空出手來敲門。

「妳是要去懇丁度假嗎？這麼大的帽子。」

「也許，想去就會去。但先去和一個人會合，再決定去哪裡。我會兩三天不在家，草莓不耐放，妳負責吃掉。」

「原來是好康放送。還有什麼可以吃的？」

「有饞到這種程度嗎？」曉慧站到鏡子前，動手調整帽子的角度。

她望著曉慧的側影，簡單的V領棉衫和一條及膝花圓裙，像十八歲，其實還得加上二十年，如她。

「外面太陽並不大。」

「有時會變大。」曉慧轉了個身，拿起行李走向門。曉慧捲捲的長髮露在帽下，很浪漫，從那背影看，她真的以為曉慧十八歲。

「妳今天不必上班？」

曉慧側身轉過來，說：「最近剛成交一棟大宅，賺了一筆，總要給自己幾天假，人不能成天工作。」

「喔。在哪裡與人會合？」她不知道為何自己婆婆媽媽起來了。但她知道住隔壁的曉慧三天不在的話，對她而言，意謂整棟樓只住她一個。

「六合夜市附近。」

「喔，還去那裡？」她很久沒去了，已經很久沒想到這條街，曉慧一說起，像閃電一樣擊中心裡某個角落。自從脫離少女時期，她就不再去那條街了。不，更精確的說，自從離開他，這條街她就沒有去過。

曉慧扣上門。門鎖很清脆的咔一聲嵌進鎖洞裡。把曉慧的餘音留在門裡。

六合夜市還是牛排館櫛比相鄰的地方吧？曉慧十八歲的身影要去那裡與人會合，她好像也看到十八歲的自己，在那條街上，走入某一家牛排館，店內坐滿人，熱滋滋的鐵盤送上來時，得撐開餐巾擋在胸前，以免鐵盤上熱跳著的醬汁濺汙衣服。那時坐在她對面的男友，臉面白淨，一看就是個會讀書的青年，他對未來的經濟能力充滿理想，望著鐵盤上的廉價牛排，對她說，將來要請她吃高檔的。她那時沒有心動過，不去想像高檔意謂什麼，只想著愛情裡有一頭獸，會突然的闖出來，踩翻花團錦簇的花園。在她面前吃著牛排的男孩斯文有禮，她卻在鐵盤冒起的熱氣中，看見他臉形似給熱氣化掉，另塑成一頭冷峻的難以辨認五官的獸。

那樣的幻覺是不久前，他追上她搭的公車，強推她下車，又將她帶到他的摩托車旁，車子還沒搆到，他就從她身後頂她膝蓋，她毫無防備，馬上跌跪在地。那是個車潮頗多的馬路，她頓時臉頰燒燙，低頭躲避他人的眼光。她急速站起來拍掉裙上的沙塵，感到不可思議的望著他。他想要她多念書，以防考不上大學，她沒有照他意思，有了那樣的下場。她跟他說成績不是一切，他是資優生，而她只想當一個平凡人，寫詩令她快樂，她只要當個愛幻想愛寫詩，求取自在的人。然後轉身往街口去，他追上來，在她臉頰留下一個手掌掃過的狂風暴，這風暴讓她奔跑了起來。儘管風暴要沖垮她腦中的堤防，但在一瞬間她記得下條街口轉進去，第三家店就是姑媽開的服飾店，她快步走進店裡，年輕的店員過來招呼，說姑媽剛好出去，她說去二樓等姑媽，就直衝二樓，到布置為客廳的樓宇前半部，打開一小片窗戶往下探。他騎著機車慢悠悠的在街上，不時扭頭往兩旁的商家張望。直到他的機車晃出了街口，她才關上窗戶，坐在客廳的籐椅上，想著姑媽回來時，如何跟姑媽說自己只是路過來看看她。她也想到，自己在他的人生中，或許也將成為路過而已。但那初萌的愛如何放下。她雙手架在膝上，手掌托住臉頰，像雕像般不動。半小時後，姑媽回來時，她的手已僵到彷彿放在雪地良久。

他跟她道歉後，她妥協。她以為人生是一個學習的過程，愛情需要學習，學習起於化解摩擦和衝突。她那時也學習當一名詩人，希望以開闊的胸襟接納生活的不完美，詠誦情緒，鋪陳喜樂悲愁。她常常組構詩句，心思游出教室，游出書本，想貼切的句子表達心情。她有時蹺課，待在圖書館翻文學書，放學時才假裝上了一整天課，在他面前毫不提起蹺課看文學書的事。高三時的教室管理很鬆散，導師默許同學蹺課去圖書館讀書，自己補強弱勢科目，而不受限課表上的科目。放學後跟他一起讀書，她才讀考試要考的科目，心思也會不自禁的想到一些句子，隨手就在紙上寫起詩來。他很不以為然，他要她專心在自修習本上。

那時覺得考試制度在毀壞她的人生。而他強迫她讀書，是為了挽救她的人生。她可以理解他把自己逼得很緊，也把她逼得很緊，是為了兩人有一個協同的方向到達理想的生活。但那時她沒有想到的是，一個人光有理想的目標並不代表他是個對的人。

某天，他們如往常在圖書館念到閉館，他載她回家的路上，他像座火山般對她噴來濃煙烈漿，指示她不要再寫詩，不要裝文藝少女彈吉他，再不收心念書就考不上大學了。她怒嗆他，即使她去當女工都比在他面前有尊嚴。她也許也噴出了些岩漿，他一怒跳離摩托車，她的身體重重地連車摔在地上。為了撐住身體，她的手和膝蓋都因急擦過地面而磨出血來。那個路段寬闊，附近沒有可以就近走入的街道，在深夜裡，她感到無處可躲，只能順著他的指示重新坐回後車，坐在他背後，由他載回家。她看他的臂膀，肩線斜斜滑向撐開的手臂，手臂往前，手肘的末端，那手掌正握著摩托車手把，她感到恐懼，他可以再次放手，將她摔在馬路上，也可以轉過身來，用手肘推她下車。或者，在某個場合，如上次般在她臉上留下一個熱辣辣的掌印。如果她馬上跳車呢？理智告訴她，那不是脫離他最好的方法，還可能不可收拾。她想要有一股安靜的力量幫自己度過火山熔岩，「愛是冰與火的交融」，她心裡烙下這句子。

安靜的讀書，安靜的考完試，安靜的看到榜單上擠進自己的名字。那是以愛之名硬嵌上去的嗎？愛到底以什麼形式存在？她安靜的在城市裡走過一條又一條的街，烈日，灼傷了什麼？來到愛河邊，那難聞的河裡淤積了各種物質發出的腐臭氣味，令人窒息。過去他們避免走到這最臭的路段，但她頂著烈日自己走過來，看到愛河上浮游的物質黏積成一個鼓脹的膜，覆蓋了河的生氣。她疾步穿越橋墩，和車子競速般的快速擺脫濁惡的氣味。車陣喧嚷，似乎和她一樣想快速遠離惡臭。

開學各奔不同城市之前，他如常帶她去可以眺望海洋的西子灣，帶她往南去墾丁戲水逐沙。她要享受的是南部夏日的氣氛，對要離家的孩子來說，家鄉城市的空氣彷彿凝滯了起來，突然要感到多情善感。也是對愛情餘溫的最後撫握。而她嘴裡講出的是感謝他對她的鞭策。感謝是事實，結果卻是殘酷的。她怕再摔在地上。她相信以他對前途充滿規畫的理性思維，縱使沒有她，也可以很快找到航向。她從白色的沙灘走向大海吹來的浪花，沙很軟，一踩下去，腳掌就陷入沙中，腳踝滿布沙粒，像無數的海的星星靠上來。她或許會迷失，但她不怕在海裡載浮載沉。

一旦決定割離，她就要斷得澈底。她切斷與他的聯繫，努力參加轉學考，如願搬到另一個學校去。她以為自己是個新的人了。她趴在桌上寫詩，不再有干擾。她小心翼翼，不再碰觸愛情。她也迷惘愛情是否來過。

就是這以後，就不再去六合夜市了。真是止於十八歲的足跡呢！

之後留在台北工作了三年再回到高雄，去的餐廳型態不同，若不是曉慧突然說起要到那附近，她可能還要把記憶深深的壓在心裡的某個角落。曉慧和朋友約在那喧鬧的平價消費的地方真奇怪，而且她一副兩三天不回來的打扮。

她起身將曉慧送來的草莓放入冰箱，她暫時不想吃。端那盤子時，發現白底的盤子邊緣，畫了一朵帶葉的桃子。這盤子似曾相識。客戶曾經送給她幾個一模一樣的盤子。而且這盤子是客戶所開的公司私下進口分送親友，並沒有上市販賣，她不知道曉慧也有這盤子，原來曉慧也是那客戶的朋友，這她倒不知道。她自己身邊沒有那盤子，因為留在律師前夫那裡，她離婚搬出來，不可能把盤子也一起搬來。那些雜碎的家用品，像雜碎的感情一樣，在她關門時，就把那些雜碎封閉起來，留給他繼續去令另一個女人處理瑣瑣碎碎的家務。

把盤子置入冰箱，她想起一個相同的畫面，就是住在前夫那裡時，也是一樣的動作，她正把有桃子花樣的盤子放入冰箱時，聽到丈夫接了一通電話，以壓低的聲音，跟對方說等會再出去打電話給她。女人的直覺，除了情婦的來電，沒有再大的理由非得找理由出去，在外面回覆電話。然後她把盤子放入冰箱，那盤子上裝的是一塊切了一半沒吃完的甜糕。過了很多日，甜糕還冰在冰箱裡，她終於打起勁去清冰箱時，將那甜糕扔到垃圾桶裡。扔的時候很痛快，盤子九十度傾斜，甜糕就整個滑到垃圾桶裡了。

她也讓自己九十度傾斜，跟他說，她要搬出去，他沒有阻止，沉默的臉上還透出默許的樣子。於是她又傾斜九十度，跟他說，就離婚吧。在婚姻的極端，兩人從此背道而馳。還好沒孩子，事情並不複雜，她自己提出來的，要到的錢就不多，但她只求脫身，拿到一些聊表給付做了多年家事和床事服務的金錢，足夠她找到一個理想的窩安頓下來。就是這樣在曉慧的建議下，買到這臨河的房子，和有投資眼光的單身曉慧成為鄰居。

追溯起來，婚姻建立之初，就注定要傾斜了。畢業後先在台北工作，回來高雄，換的工作是專為貿易公司開發業務，這一做，就青年到中年。也是因為這工作，才有機會認識前夫，他在一家律師事務所工作，專做海事糾紛，她為了一筆沒有準時到貨的交易替公司找律師爭取賠償，而和前夫認識。

在台北讀書四年加工作三年，畢業那個月應徵的第一個工作就有著落，在一個成人英文補習班當行政人員，薪水不多，但也不需太多技藝，會打電話，整理一些學員資料，就打發了上班時間。她想，不如先留台北一段時間，看能不能找到更理想的工作，或其他發展。其實內在有個暗潮湧動，她想默默的成為一名詩人，出詩集，台北出版社多，文學活動多，也許有機會。

她試著投稿，大多石沉大海，偶爾有幾篇見報，有人跟她說，能見報就很厲害，要繼續加油。她參加小型的詩獎，得過佳作的名次。雖然只是佳作，但也讓她以這個小小的資歷，得到一個小出版社願意出她的詩集。那是畢業後的第二年，以年輕詩人之姿扣問文學殿堂。拿到剛印刷完成的詩集那天，她心口發熱，撫書的手指震顫，為何就成為一個詩人了呢？能稱為詩人嗎？在她租賃的窄小房間裡，她打開窗，將詩集高舉過頭，向天空展示了一下，向停在上頭的雲致謝。如果沒有雲的多變，讓她藉景喚情，可能詩意會喪失不少；她向群樓和川流不息的車子致謝，如果沒有這些擁擠的大樓和急馳的車子，她也許沒有太多的激情想以詩記下生活。這種種，要謝者何其多。還有那個年輕時在圖書館一起讀書的男友，那似是而非的愛情，那得到的喜悅，失去的哀愁。

坐在補習班小小的辦公桌前，她的詩心縮小到只有一疊疊的報名表那麼小，那象徵著補習班財收的報名表令她厭倦，她的桌面像沙漠般灼乾她的心靈，她以為應去與文字相關的地方工作，憑著這本詩集的出版。她四處投履歷到出版社，注意媒體的招人啟事。三個月後有一家八卦雜誌找她去應徵採訪，八卦像閒嗑牙後地上的瓜子殼，對她了無意義。再等了一個月，有個財經雜誌找她去跑人物採訪，雜誌說，他們需要一個文筆卓越的人，以寫出漂亮的採訪稿，意思是，採訪內容需要一支好的文筆來修飾，她願意試看看，願意走出那方辦公桌，與辦公桌外的人群接觸，擴大眼界。

懷著高度的期待為財經雜誌做人物專訪，但她沒有財經背景，她猛啃財經書籍，補充股市知識，了解各種產業，為了採訪對象的背景，研究那對象所經營或所從事的工作，誠惶誠恐，怕問題太淺薄，後來發現，有些人根本講不出什麼道理來，重複的講著他的經驗，用詞貧乏，她寫稿時，拚命幫他變換用語，讓詞彙豐富，她終於了解雜誌社為何需要文筆好的採訪者。在雜誌幾個月，她只寫了兩首詩，都遭退稿命運。詩集可能滯銷，畢竟她名不見經傳，出版社又小，她去書店已找不到書，可能被退回了吧，或者連擺都沒擺出來，若是賣掉了，應該書也補到架子上了。總之，她是從書店書架上消失的一個詩人。日子充滿數字，股市指數、投資報酬率、房屋成交率、稅率、成長指數、匯率、升息指數、基本工資、營業額、淨所得、失業率……她根本走錯了行業。病了兩週後，她辭去工作。退掉房租，扔掉屯積在房裡的雜物，隨興買來的，並不合穿的衣物，一時衝動買下的無用的裝飾物，統統扔掉。書也賣到二手書店。將還用得上的少數衣物裝了一箱寄回家，最後只拎了一只手提袋回高雄。

在家又躺了兩週，才走到街上去體驗生活的顏色。她靠不斷的走路散步，來重新融入城市的節奏。到了這個年紀，親友都關心她有沒有男朋友，要不要結婚了。她討厭那些詢問，她只在乎走路時，腦裡有沒有出現詩句。

閒散了半年，再不出去工作，就會成為家裡的仇人。以前的同學介紹她到一家還具規模的貿易公司，人家看中她曾在雜誌採訪過財經人士，很敬重的請她去做拜訪客戶的事，維持客戶關係，讓生意買賣雙方可以持續的商品往來。由於經營的是些藝品和美麗的傢俱，她想為了有個工作，先暫時這樣吧。卻是一做做到了今日。為了活口，在一個還不討厭、還算愉快的地方安身立命下來。

在公司的第二年遇到前夫，她走入那個離港口不遠的律師事務所時，有一種異樣的感覺，好像那裡是一個磁盤，她走進去有一種被吸住的，安定下來的感覺，她丈夫那時是個年輕穩重的海事律師，在他的辦公桌那邊看她走進來，他的眼睛一定盯著她，她看到他癡迷的眼神時，心裡震蕩了一下。許多年前的，對那天天相偕去圖書館的男孩，那種靜靜陪在他身邊的寧靜感回到了心頭。

他們也曾有美好的時光，新婚期間，她寫了兩首詩，一首刊登在地方性的報紙。以後不再有詩了。某次在餐桌前，兩人對某件事意見不合，她沒贊成他的說法，他一怒，揮起手來將桌上的食物全掃下地板。她好怕他揮手向自己揍過來。那些碗盤掉到地板的叮叮叩叩碎裂聲，震裂了什麼，摔裂的不只是碗盤。地板上混雜著菜餚的盤碗碎片，分裂四散的樣子滿像分行的詩句，在結構上玩了一些高低起伏的花樣，她收拾起這些碎片詩句，扔進垃圾桶。以後都不再有詩了。她意識到自己得維持工作，如果有一朝婚姻崩壞，至少她還有一個工作可以護身。她的日子被商品包圍，進口的品項，出口的品項，送去藝品店的整貨櫃歐洲藝品，從港口送上船的台灣傢俱。流轉的日子以商品賣出的速度計算。丈夫來討好時，她淡淡的，沒有太熱烈的回應，她不理解昨天生氣的人為何在隔天可以若無其事的當成什麼事也沒發生過。而她發現自己也逐漸變成了不把發生過的什麼當一回事的過著日子。

即使到要離婚時，她都沒有感傷。她故意拿尖銳的物件刺在手腕上、手肘內，看能不能有一點痛感，卻沒有。她去西子灣看船，丈夫從沒帶她來這裡看船，他處理的是輪船相撞、毀損、運貨契約履行不全等事，遠方捲來的浪對他沒有太大的意義，船舶觸礁延誤交貨可能更有意義，他的海和商業利益有關。而她的海，只適合獨自消受，想到那青春曾有的戀情，甜蜜與負傷俱存，她和他常觀海，對海有未來的想像，他希望他們同時去遠方，但沒去成，她那時逃開了，而今偶爾想起一起觀海的身影，混雜著夢想與現實的困難的青春身影追不回來了，她只是憑弔那失去的，昨日。

無數次徘徊，海風挾帶潮濕的腥味，路燈下的身影拉得老長，黑幽幽的，一個頎長的女人身影，再走幾步，就沉入了樹影。到頭來，形單影隻。在遠方，還會有人等著嗎？

她看好房子就搬了出來，也在離婚證書上蓋了章。聽說丈夫的房子有不同的女人進出。百花爭妍，與她何干？

住在看得到河的高樓裡，她幾次嘗試寫詩，呆坐了半天，想不出貼切的文字，似乎連文字也離她遠去。望著鏡中的自己，長髮，臉色蒼白，臉上有些曬斑，中年歲月，還夢想詩嗎？從年輕以來把自己活成了雜亂無章的詩，詩不成句，何以為詩？

假日她把自己封閉起來足不出門時，曉慧會過來找她，邀她出門。若曉慧沒來，她可以在家讀一天書，反正剩自己一人了，日曆沒撕並沒影響到誰。前夫也會打電話來，約她可否一起晚餐。有時她答應出去，大多時候寧願自己在家。和他吃飯時，她總想著是否每晚有不同的女人陪他吃飯。她並不想離婚後還患疑心病，後來她不想再跟他吃飯了。他們一年沒見了。同在一個城市。

同在一個城市，還有另一個聲息。有天她的電子郵件傳來一封信。是他，那個年輕時她已逃離的男友。原來多不想念書，為了完全擺脫，特別用功考轉學考，成功轉到另一所學校，讓他找不到行蹤，而二十年後，他找上來了。網路是個強迫性的存在，她無意識到他可以透過網路找到她，只要她的一個通訊無意中透露在網路上，就像住房被搜到一樣，這樣就算現在再以轉學考來逃避某人，看來一點用也沒的。而也在此時，時光的意義才產生。她不怕他了。歷經二十年，傷痕結的疤淡似無跡，或許她可以在那傷疤上加點工，讓它看起來沒有異狀。她試著和他在網路上聊幾句，如果這能撫慰逝去的二十年的話。青春如果還有些痕跡，就是記憶裡那些美的存在，他給過她美好的記憶。

她腦中浮現的他的身影，是年輕清瘦的樣子，他說他胖些了。她難以想像那胖了些的他，也沒有企圖去網路找他的照片，他說，他名不見經傳，網路上不會有他的照片，既是如此，她更不會花時間去找。名不見經傳是好的，就自在的活在熱鬧的躁動下。在一片爭相出名的熱浪中，讓我們都靜默的品嘗時光留給我們的意義，她說。然後他說，妳又像個詩人了。她現在不希望他對她提起詩。那截斷的時光，詩也已截斷。

他想見面，她有點心動，最後一刻，她停滯，她刪除聊天帳號，像又轉學了。並且得小心不要再立一個在網路上找得到的帳號，必要的時候，得改變身分換個名字，和許多的瑪麗亞、安妮、潔西卡在一起。登出帳號是昨天的事，下午她離開辦公室，去美髮院剪了一頭短髮，留了多年的長髮剪掉，這新造型讓她感到新鮮，換了一個人，她的新身分，復古的時髦。

她照鏡子照很久了，看鏡中的短髮，手指頭一直繞著髮尾，頸子感到空盪盪，還沒適應新的自己。

門板有敲門聲，扣扣兩下，那不是曉慧的敲門法嗎？可是曉慧下樓去了。她起身去開門。是曉慧沒錯。曉慧仍戴著遮陽大帽子，肩上背著要外宿兩三天的大背包。和剛才不同的是，她手上捧了一隻小鳥。

「妳不是出門了？」

「到樓下時，一出大門就看到不遠的地上躺著這隻小鳥。」她走進來，小鳥仍捧在手裡，繼續說：「我急著出門，約好時間了，所以不能帶牠去看獸醫，妳看，牠還能動，似乎是翅膀受傷了。我問管理員可不可以帶牠去看獸醫，管理員說他上班中，不能離開。看來只有妳能帶牠去，拜託，趕快帶去，我得走了，可能遲了！」曉慧將小鳥放入她手中，轉手就扣上門出去。

這就是剛才在她窗前誤撞玻璃，往下跌的小鳥，在她手中溫熱，但氣息薄弱，牠翅膀上端掉了些羽毛，肌肉有血塊，肉旁的羽毛也染了血跡。牠一定是以太快的速度向玻璃內的她撲過來，才會這麼大的撞擊力撞在玻璃，而跌下去時，大概跌傷了腳足，足上有挫傷。她那時想探頭看這隻鳥，不也撞到玻璃嗎？即使是人也會被一片透明的玻璃誤導視覺，何況是隻小鳥。她該帶牠去獸醫那裡，看能不能塗上什麼藥。但不行，她不能離開房子，她在等一個人。如果她離開了，而那人來了，豈不是錯過了？

曉慧將小鳥留給她，不由分說轉身就走，完全不理會她有沒有別的事，能不能走得開，她簡直要恨起曉慧了。想起那個裝著草莓的盤子，她是要問問曉慧為何有這個盤子，她從來不知道曉慧跟她那個進口商朋友認得。也許她並不認得曉慧的全部，比如曉慧不會告訴她，和誰會合。

她從來不知道曉慧的朋友，她們沒有共同的朋友。和曉慧認識純粹是工作的關係。她去拜訪做傢俱的廠商，挑選適當的造型下訂單，曉慧那時和一位男士站在倉儲裡的一堆沙發座間，她則在看椅子造型，曉慧主動過來招呼，問她是設計師嗎？她說不是，是挑一些款式提供國外的買家。曉慧說她是房產經紀人，旁邊的男士是裝潢設計師，她的房產行銷公司承接一批新建案，他們要裝潢樣品屋，所以請合作慣了的設計師來挑傢俱。曉慧讚美這家傢俱工廠可以仿出最流行的義大利傢俱造型。她說她要的傢俱正好是相反的風格，要的是東方情調，以滿足國外客人的需要，而這廠商也能提供。曉慧遞給她名片，說有任何房產買賣的問題可找她。過幾天，她翻出名片打電話給曉慧，說自己想去看看房子。她只是想看看而已，好像心裡在尋找另一個房間，這房間在她心中未成形，但在向她呼喚。

房子當然沒看成，但她們就這樣認識起來。聊得來，有幾次她帶曉慧去家裡，晚餐時先生也在，都她和曉慧在講話，先生吃過飯就坐在客廳看電視，電視聲調得很低，好讓兩個女人可以在餐桌那頭聊天，但她不知道先生是否也一邊聆聽了她們的交談。

手中受傷的小鳥虛弱，牠的眼睛半閉著。她將牠安置在一條柔軟的毛巾上，在她等的人來之前，也只能先這樣。

紗層裡還有紗層

　　馬路上交通最繁忙的時候，店裡走進一位約莫三十歲出頭的女士，她削薄的中長髮過肩，髮尾收成一個尖V字型，穿著很窄的貼身褲，褲子的紋路是白底細粉紅色的格線，一件白西裝外套，裡頭一件粉紅色圓領衫。

　　女士的眼睛掃過店裡的模型模特兒，模型都穿著等待交貨的服飾，她眼光停留在一個短髮模特兒身上，模特兒穿著碎花閃金色花邊的過膝洋裝，裙尾收花苞樣式。那女士摸著衣料，說：「這花色和布料都好特殊。」

　　她的聲音清脆，像水晶杯的互觸。裁縫師寶姊抬起頭來，往那聲音的來源看了一眼。抬頭只是一個明顯的動作，事實上從女士走進來時，她的餘光已掃在她身上，雖仍低頭車著裁縫機上的衣服。現在寶姊看清她細緻的五官像人家說的，巴掌大的明星臉，眼睛明亮有神，裝了捲翹的假睫毛，桃紅色的口紅，襯得她臉上的膚色越加粉嫩。

　　店裡的模型模特兒有五個，三個身材比例完美，兩個是婦人略胖的體態，寶姊覺得這年輕的女士算得上是最標致的第六個，不同的是她不是模型，是活生生的，肢體散發時髦優雅的氣質，臉上富有表情。女士拉起模特兒身上那件碎花洋裝的裙襬，翻到內裡看裙底縫線。寶姊心底詫異，從沒客人這樣一進來就看成品的裙底縫線。

寶姊站了起來，走到女士身邊，問：「小姐，這布料是日本料，純細棉，花樣是襲自和服，碎花描金。」她指著牆架上一排布料中的某一塊，「這是我店裡的布，客人指定要這布。」

「哦，妳也賣布？」

「一些，特別花樣的。我叔叔從日本挑來的。一般布商不會有。有一些熟客習慣來我這裡挑布訂製衣服。」

女士的眼神往牆架上的布料一塊塊看過去。一邊問她做衣服的行情。寶姊按各種不同款式報價，上衣、裙子、褲子、洋裝、套裝、大衣，各有不同價格，款式繁複或簡單也有些微的價差。像她這樣一家在熱鬧區域臨馬路的裁縫店，為了負擔房租，訂製費不會太便宜，但也沒高出行情，以免造成顧客負擔。這是這時代還有點價值的手工業，原因之一是師傅變少了，競爭不大，二是成衣業太發達，買成衣的多，訂製的少，而還願意訂製的，有的是為了修飾一般成衣無法修飾的身上線條，比如身體的某部分特別不合比例，必須裁縫師的巧手做適當的比例修飾，但只有好的裁縫師做得到，她是屬於那好的，從客人的口碑和不斷帶來的客人，她有充分的自信；還有些非做訂製服不可的，是不想撞衫，以及想有特別款式特別味道，對服飾相當講究的。他們的共同點是出得起特殊的布料價和做工價，光做工價，就能在打折季買到相當高級的成衣。

講完了價格，寶姊凝視還在看布料的女士，說：「這位小姐，妳不需訂製吧？妳的身材很好，成衣的選擇很多。」

女士斜轉了個身，背後即是一整排的各式布料，她站在那布料前，白西裝外套特別亮眼，她笑著看寶姊，好像在看一個講著笑話的人。寶姊感到似乎冒犯了她，反倒有點不知所措，急著找話銜補空白，腦中就直接反映了剛才的畫面，便問：「小姐為何看裙襬的縫線？」

「看用什麼縫法，因為在裙子外頭看不到縫線，我想是手工縫的，就想看看是哪種手縫法。」

「哦，小姐懂一些。」

「妳那千鳥縫法縫得很漂亮，外表完全看不出一點線路的破綻，拉線的力道也很平均，所以整個很平整。」

「小姐過獎了，力道若有不平均，也被燙斗掩飾了。」

店面的玻璃門擋掉了大半馬路上的車聲，騎樓下經過的人影，從玻璃反映進來，路上流動車影在夜晚裡顯得非常刺眼而匆促，寶姊希望店外那些聲影留在此刻，讓店內的時光也留在此刻，那女士站在布料前，不合宜得讓她覺得這個店的存在開始有了她剛走入裁縫界時的價值，那時，她以為她可以為模特兒般身材的人做出美麗合於她們氣質的衣服。更確切的說，是她開始學著丈量自己，為自己畫身形圖製作衣服時，夢想著穿上那衣服就彷如櫥窗裡的模特兒，讓每個身邊經過的人都投來欣羨的眼光。時光該在那一刻，初始的瞬間。

但過去二十多年，她埋首在客人的服飾裡。她從客人的滿意神情轉嫁了修飾自己的欲望。她不斷在調整客人身材比例的公分丈量裡失去了調整自己的意圖。這位站在布料前的女士，所展現出來的身材比例不需裁縫師的修飾，只要按著她的身形做出她想要的衣服，必然都會很合宜。那是她初入裁縫這行，以為自己會擁有的身材。但那時她幾歲了？念商校畢業，當了兩年會計，邊上班邊學裁縫，之後跟在裁縫老師身邊當助手，經驗越來越豐富，六年後自己成立工作室接老師忙不過來的裁縫案子，才有了一個起步。

「這布料我可以看看嗎？」女士指著一件橘紅的絲棉混紡布料，寶姊將布匹抽下來，攤展在工作檯上。女士一直撫摸著布紋。細緻的織紋滑亮平整，質感輕盈。「這適合夏裝。」女士說。

看來這位女士是懂布的。寶姊說：「日本的紡織，價格不便宜。」

「就用這塊做一件洋裝，無論是正式的宴客場合或平日裡去好點的餐廳吃飯都可穿的那種。」

這說法有點籠統，寶姊揣測應是一件帶著活潑感的膝上短洋裝，她腦中已描繪了適合這位女士氣質的洋裝，但說：「以妳的身材，很容易買到衣服，完全不必訂製，市面上有許多美麗的衣服，做工又好，各種材質花樣都有，穿到滿意才買，不是很好很方便嗎？」

女士笑笑，也許質疑她為何把客人推出門外，女士把布匹拿起來，站在鏡前，把布料捏出不同的裙襬款式。堅持要用這塊布料做夏日洋裝。

寶姊這回訕笑自己，這位女士也許是位多金女郎，就喜歡自己選布料做衣服，以免撞衫，不就是她期盼的客源嗎？她拿出樣本圖冊，在另一本描寫紙上速畫了一襲洋裝，兩片荷葉般包覆手臂的短袖、圓領略低、收腰、斜幅展開裙襬，裙尾略收束，像剛成形的花苞。那女士一看就說，好的，就做這個款式。

她為女士量身。女士脫下白外套，短棉衫貼合著身體，肌肉線條緊緻，沒有些微鬆垮，看來才三十出頭的女性，若勤於保養，根本還不到肉肥肌鬆的時候。在她看來，穿貼身棉衫的有兩種人，一種是對自己的緊緻身材有自信，一種是對自己的鬆垮肌肉失去警覺，或完全不在乎衣服對形象的影響。寶姊做著裁縫工作時，常穿寬鬆的棉衫，以便好活動，車線布絮沾附在棉衫和褲子上，讓她有成就感，感覺是身心都和布料、車線融合了，所以經營這爿店以來，她就是寬棉衫加長褲，無論替客人量身、製作衣形圖、拿刀裁布、換車線、踩裁縫車踏板、替模型模特兒換衣，這身衣著都讓她自在。

但她學裁縫的初始，並不是要自在的。她要為自己做合身的衣服，要每塊布的拼接所顯露的線條，可以讓身體線條更完美，坐在椅上打直背脊就可以像展示櫥窗裡採坐姿的模特兒女郎一樣挺立，優美線條走起路來則像服裝發表會上走秀的真人模特兒一樣風姿搖曳。

她剛跟老師學丈量身體各部位的尺寸後，在設計圖上不斷的就基本身形圖做變化，做了無數次實驗：放寬衣袖長度、肩袖口長度、領口高度的加高或放低、圓領位置、尖領的低點，等等多一公分少一公分的排列組合，做壞了許多布料，就為了抓最適合自己的比例。那時是為自己做衣。老師帶著她不斷修正與嘗試，寬與窄間的變化足以形成不同的服飾風格，老師也鼓勵她由設計自己的衣服，嘗試各種比例變化與風格造型。到她能準確抓到依據不同風格的建立而畫出適合的身形圖時，老師把許多訂製服的設計圖交給她，再加入自己的意見後，也指示她裁製完成。她們做了許多正式場合需要的旗袍及流行洋裝，流行通常由服裝雜誌帶領，接著電視上看得到，布料行也販售可以配合流行的布料，客人帶著布料和雜誌，指定要哪一種款式，她和老師加入改造意見，通常是根據客人的身形和衣料特性，做一些細部的調整。

平時白天上班，晚上到老師裁縫室當學徒兼助手，老師那時有許多大客戶，有每個月都要做新衣的，也有呼朋引伴牽絲拉線來做衣的，也有團體需要高級制服下訂單的，甚至也有人下舞衣訂單。老師有三名助手，只有她的製圖可以得到老師的讚賞，因此常常週六也得去裁縫室幫忙，但週日她休息，她得穿著自製的衣服往外招攬眼光，她和家人去餐廳吃飯，和朋友相約看電影，或逛街踩馬路，無非要找一個理由穿著特別的衣服贏來他人讚賞的眼光。

老師提高她的薪水，要求她把白天的工作辭去，全職做裁縫，她答應了，做裁縫是她的樂趣，勝過在一個紡織廠當會計每天算計著他人薪水和做各種支付證明，茶水間的八卦也很無聊，她寧可在工作的空檔翻服裝雜誌，勝過在茶水間和同事聊與她無干的八卦。而且她不必白天晚上那麼累的做兩種事，以後在老師那裡做固定時數，她有更多私人時間可利用。因此她答應，彷彿有了一個新生命般的，把自己歸檔到一個簡單的檔案，裁縫師。她要下更多工夫研究布料材質，要對流行更敏銳，要更會讀人的氣質，為那人裁出適合的衣服。

她的初衷也就變了調。她由自己走向了別人。她沒有別的同事了。只有裁縫老師和來去匆匆的顧客，另外兩名老是變動中的助手，她們學不住，沒耐心，做一段時間就走，老師又另收學徒磨練，磨不來的也就留不住。那些來來去去流動的助手，使她更堅定要留在老師身邊協助，她很詫異自己竟心生同情，不忍老師的工作量和缺乏得力助手。她原只是要做適合自己的衣服，怎麼就陷在衣服堆裡一件件裁，一件件車縫，她懷疑自己愛布料比愛自己多，看到布料會忍不住想像那質料做成什麼款式後穿起來的樣貌。她懷疑自己內在情感熾熱勝過外表的理性冷淡，她並不是不愛聽八卦，而是怕八卦是真的，替當事人難受。

她替女士量好尺寸，寫在尺寸表上，下方的大空格畫服型簡圖，單子最上方是姓名欄和地址等資料，還有一欄交件日期。她約定五天後取件。

「可以嗎？這個日期會不會太慢？」她問女士。

那女士俯身在單子上填寫自己的名字。張湘湘。

「不會。我不急。」湘湘說。

她給湘湘訂單複本，自己留著正本。湘湘走出去，白色的身影出了玻璃門，就像一道光沒入由車燈與街燈流射成的流離夜色中，終混合成一片夜潮。她望著那夜色，感到疲倦，現在只是過了吃晚飯的時間，八點檔的電視還沒開始，八點她還會在店裡工作著，一邊電視播放八點檔電視，她只聽聲音，從裁縫機前起身時才瞄一眼影像。到九點電視劇播完，她收拾桌面工具，才是打烊時刻。如果她空下其他工作，明天就可以把湘湘的衣服完成，但還有幾件衣服訂製在前，她得有職業倫理，把先訂製的先交貨。她不想去隔壁買便當。今晚不想。夜色襲擊。從裁縫機的這端望過玻璃門所見的夜色，已經觀看快二十年了，今夜特別感到夜色闌珊。她隻手支著頭，望那夜色，像織女廢織般的不想踩動裁縫車踏板。五個模型模特兒著裝站立，她們姿態總也不變，唯身上變化的衣服是她的逝水流年。初租下這店時，她像湘湘這樣的年紀吧。裁縫機前一坐，已經這些年，如今抬起頭來，似看到過去的身影。為何沒有一個顧客像湘湘這樣讓她想起自己走入裁縫界原只是想以衣料表現自己的身材而已。心裡一驚，那初衷無聲無息失去，又無聲無息竄上來。

八點檔還沒開播，她將工具歸回原位，蓋上裁縫機布套，拍拍身上的線團和布屑，掃淨地面，便擰著包包，熄燈，關上店門，按下電捲門。隔壁餐廳門口負責照顧燒賣蒸籠的阿吉站在工作檯前，問她：「今天這麼早打烊啊？」她笑笑點個頭就跟他揮了手往公車站牌去。

她才搭了兩站就下車，這是百貨公司與商店林立的區域，平時九點關店後，搭車經過，不會特別下車逛，因為商店都快打烊了，她下班就直接回家裡，還要過橋才會到家。住家樓下各式商店都有，日用品的採購相當方便。而這區百貨區不同，它是用來消磨時間和採買高級貨的。許久沒有來，只有搭車經過時目覽車外繁華。現在她下車，直接走進百貨公司一樓，化妝品品牌集中的樓層，淡淡飄彌香水味。燦亮的水晶燈迷炫的吊在入門大廳，她挺直背脊，想像湘湘挺直的姿態，想像自己年輕時那份自恣的神采，是許久沒有挺直腰桿走路了，大部分的時間彎腰裁布，低頭車衣。沒有助手，她不要助手，一個人的工作室也可以運轉。如果收了助手，那名助手將來可能陷入跟她一樣的生活模式，她不想從助手身上看到自己過去的道路。她想自己的生活模式固定下來，就過著這般生活，不必拖一個人下水。或許是觀念的偏差，她四十幾了，不想也似乎無能改變偏差。

但她看到那盞高掛的水晶燈，精神振奮了些。她早該常來百貨公司找靈感，不能光靠按月寄來的時裝及流行雜誌、電視等媒介了解時尚。就算讓顧客多等一天衣服的完工，也要撥空親自到百貨公司看看設計品牌的服飾。

她來到少女流行女裝樓層，眼光掃過，再往上一層樓來到淑女服飾，這才是高級衣服的流行精華，國內外設計師品牌比鄰。國內品牌的衣飾擺設大多擁擠，國外品牌則寬敞，物件雖不多，大略可看出設計的風格和質料。看上眼的衣服，她觸摸質料，不管是講究硬挺感，或柔軟、垂墜、蓬鬆感，都有相對應的質料，織線鬆密間表現出來的質感也帶動觸感，她自信有一個好手感，一觸摸布料就想像出了該布料適合的衣服款式。她觸摸展示架上的衣服，是為了證明她的想法和品牌設計師的想法有沒有謀合。她撫摸的每一件衣服，都想像穿在湘湘身上是什麼模樣，她努力尋找有沒有一件像她替湘湘畫的草圖。有的，在國內外的品牌都看到花苞裙的設計，表示她還在潮流裡，她研究那裙子的內裡與質料，確信湘湘選上的那塊布料做起花苞裙襬是上上選。當她一眼望去，想像所有專櫃擺出的模特兒身上的衣服質料做起花苞裙呈現出來的樣貌會有多麼不同時，她趕快下樓離開水晶燈光燦爛的大廳，再度投入夜色。她頭昏腦脹，感到一日過長，卻又期待明日醒來，可以為湘湘裁衣。

沐浴後，她赤裸站在穿衣鏡前，比對現在的身材和初入行時的模樣。裁縫機前的久坐，造成小腹微凸，或許是便當吃多了，食物過油過鹹，更可能是新陳代謝變慢，身形一寸寸走樣。而終歸到底，是為人做衣。鎮日窩在店裡為人做衣，忘了自己也有打扮的需求？還是，早已，早已不覺得需要一副好身材好裝扮博取他人的眼光？像她這樣年紀的女人常處在發胖狀態，比如生活富裕了，飲食過度，運動過少，比如成為家裡的飲食垃圾桶，專撿家人吃剩的東西，造成自己的走山。她只照顧自己，沒有家人，飲食有限，卻也是留不住往日的身材了。如果她注意一下，其實可以的。在鏡子前，她注視著自己，那張臉竟成了湘湘的臉。她去廚房牛飲一杯水，想把湘湘的影像清洗掉。不過是一個來訂製衣服的顧客。她再喝一杯，想澈底清洗。四月，天氣舒爽，赤裸的身體感到一絲夜的涼意，但窗都是關密的，位處八樓，對面隔中庭的人家窗簾通常是拉實了，她的更是拉實了，何來夜風？是心底來的嗎？她鑽進被子裡，最好不要有夢，她需要一個像進入黑洞般的深沉睡眠，一覺醒來，發現日子如常的進行，沒有一天是特別的。

可偏偏做了一個夢。夢境重現實現。媽媽幫她安排的其中一場相親，那人有張殷實的臉，額寬臉闊，她並沒有很喜歡那樣的長相，但他是她所有相親對象裡職業最好的，職業代表經濟實力，相親講究這實力，媽媽一定要她赴會。那人坐她對面，老式西餐廳，光線刻意的昏暗，那老實人不太會找話題，只說自己所經營的傢俱店有時要出國挑傢俱，大都往東南亞跑，看木材，看工廠，下訂單。講完這些，他喝掉桌上兩大杯水。她不是要應徵他的店員，她心想。她對傢俱一點興趣都沒有，她不知道檜木和柚木的特性與她何干，男人的表情僵化，手掌粗大，他那表情變成一種毫無光采的平淡，他伸出手來想替她拿來一塊麵包，夢中的他，手腕變成一管象鼻，她嚇了一跳，從座位站起來，他整個人變成一頭捲著柚木的象，在對面也驚慌失措的站了起來。兩人同時衝向店外。她驚醒了。現實的版本是，那天餐廳失火了。兩人對坐默默無語，廚房冒出濃煙，大家往外逃竄後，他們沒再聯絡。她也不再相親，那了無樂趣的，失火的求偶記，不再重演了。

這個夢真可厭，提醒她不可得的姻緣路。如果不是太早栽進裁縫布料間，也許人生燦爛一點。不，把布料變化出立體的形象去成就他人的形象，就是她璀璨的人生，多少女士靠她的手藝得到生活的樂趣和自信。她製造他人的價值就是自己的價值。這樣想著，她的一天又充滿活力鮮亮了起來。

今天有人取件，就是模型模特兒穿的那件閃金色花邊的碎花洋裝。她十一點開店門，這位林太太就來了。林太太的身材有點矮胖，她在洋裝上做了一個略為高腰的設計，高腰下的裙裝打了幾個褶，既拉長她的身高比例，也適度的遮住小腹。林太太到試穿間試穿出來，站在鏡前左看右看，對照可看到背面的後照鏡，笑盈盈的付了餘款走出去，還留給她一塊小蛋糕。林太太是去年新增的客戶，已在她這裡做了五件衣服。她的顧客有七成是老客人。這可能是裁縫業沒落的警訊，但也可能是這個行業還能持續下去的重要訊息：只要有好的手藝，顧客會一直存在。二十年來，她不必上班打卡，這些顧客就是她的打卡鐘，她們催促她得按時坐在裁縫機前做出最符合顧客需要的作品。

她接著得完成一件套裝，有個公司女主管固定在她這裡做套裝，以防撞衫，那女主管的服裝樣式通常很簡單，但質料相當考究，會從義大利帶布料回來。這是個不可怠慢延遲交件的顧客，是老交情，情分比生意重要。今天得專心在這件套裝，珍貴的布料裁錯了，沒布料可取代。但不知為什麼，她閃神去望架子上湘湘選上的布料，想像它裁成洋裝的樣子。隔壁的阿吉趁著客人還沒聚集時，來問她中午要吃哪款菜色，他可先幫她準備起來。她知道他在找藉口進來探視她。她比阿吉大八歲，她不想他把力氣花在她身上，老給他一張平淡沒表情的臉，就說，一樣吧，跟昨天一樣。近中午，阿吉託餐廳的歐巴桑把便當送進來，她終於拉回精神，精準的裁了布後，打開便當，菜色換過了，阿吉曾跟她說過，不要天天吃一樣的菜色。她嘴上雖說一樣，也心知阿吉會幫她換菜色。這阿吉在餐廳工作五年了，天天在門口顧著蒸籠，又怎有機會認識女孩。她只覺他孩子般單純，怎麼看就是一個孩子。

到了第三日，終於是輪到裁湘湘的衣服了，她將牆上日曆的當天日期格寫上湘湘的名字，等待這個名字填上去的時間好似很漫長，這天是完全要浸泡在這件衣服的裁製與熨燙，昨晚已先將布料吊掛，好產生垂墜，才能裁到正確的分寸。布料攤在工作桌面上，她彷彿面對一件即將裁給自己穿的衣服，心情像初次拿剪刀裁布時的惶恐，怕布料的正反面擺錯，怕少剪了一公分，怕刀滑剪壞了布，而又滿懷興奮一件衣服的成形始於這一刀，布料剪成，衣服也完成了一半，只要耐心在裁縫車前一片一片縫合，一件衣服就成形，那是極大的成就，布料由平面變立體，還帶著個性，穿在人的身上，可以產生風情。是了，風情的想像是設計師與裁縫師致命的吸引力，如果沒有這想像，無法持續持著剪刀消磨畢生精力。

她為湘湘裁的這件衣服也將充滿風情。

她將完成的衣服穿在模型模特兒身上，貼合度完美，布料再次垂墜，線條會更自然優美。她也可以時時觀看任何破綻的可能。

湘湘來取件那天，天氣陰鬱，像隨時會下雨，湘湘持了一把紅色灑白圓點的雨傘，進到店裡就把雨傘放在靠門邊的傘桶裡。笑盈盈走過來。她穿一件長度約到膝上十五公分的A字型白短裙，一件黃碎花棉襯衫，胸前鬆了兩顆釦子，開領剛好浮在胸口隱約的凹陷線上，神態一派輕鬆、優雅，充滿都會感。湘湘真的不需要來她這裡做衣服，只要隨便買便宜的衣服，都可以穿出異於常人的美麗。如果不是門外那片陰鬱的天色，如果，那背景是片陽光，湘湘推門進來的這一身穿著會更鮮麗。

這是一襲在裙襬略收花苞的膝上五公分洋裝，莊重中有活潑的氣息，花苞不致太過誇張，對三十出頭還顯露青春氣息的女性，是個正式場合和講究質感的場合都穿得上的衣服，柔中帶硬的布料也能顯出花苞挺度，袖口的荷葉搭配圓領，和花苞的收圓形都有一致感，整個流露可愛的莊重感。湘湘試穿後，感到喜氣洋洋，橘紅色主色調，使那衣服與主人合成了一朵花，夏日的湖邊有微風吹來的感覺。湘湘在鏡前左照右照，沒有一處需要修改。湘湘去更衣室換下衣服。寶姊坐在工作桌前的椅子等她，望著門外那片陰鬱，總感到這是一個錯誤的試衣天。但湘湘不在乎天氣。她拎好裝了衣服的提袋，抓起傘桶裡的傘，付了餘款就走出門外。一顆斗大的雨珠從騎樓外飛過，又一顆，兩顆，三顆，馬路上的雨珠在彈跳，雨帳垂掛到這城市裡，走出去的湘湘撐起傘，把提袋提高護到傘下。她做的衣服這麼精心的受到保護。寶姊感到心裡有一道光輕輕的滑過，柔和的，像以微風為秋千盪過來的。

往後湘湘又過來做了兩件衣服，其中一件是淺藍色的無袖貼身長禮服，絲與緞混織的布材，沒有任何花稍的設計，只在V型領口做了抓皺處理，皺褶處鑲上幾顆細人工鑽。這相當考驗她的剪裁和車工，絲緞的柔軟，若沒有精準的剪裁，穿在身上無法彰顯身材線條。版型必須看似貼身，尺寸又不能抓得太貼，否則絕對會像綑身布。這是湘湘的設計，寶姊確定版型和完成。

到了秋天的時候，湘湘再度來到店裡。寶姊看到她身影，突然有點恍惚，認識湘湘不過數個月，卻像已經經過數年了。

湘湘從手提袋裡拿出兩本國外的新娘雜誌，雜誌有數十頁婚紗照、浪漫的結婚場景、飯店、美食、禮物，全以婚禮為目標的豐盛內容。秋天的湘湘穿的是她為她做的橘紅色夏服，外套一件白色薄毛衣，整個乾淨明亮到像透明。這天的湘湘確實是透明的，坐在椅子上翻雜誌，讓寶姊看了幾襲新娘婚紗後就滔滔不絕：「寶姊，妳的手藝很好，我信任妳，現在我需要一件婚紗和兩件婚宴禮服。妳可能會問我為何不用租的，訂製多貴，但我要留著禮服做紀念。這是我的第二次婚姻，我不想有結第三次的機會，這次收藏禮服就是永遠的紀念，永久有效的婚姻。我參考雜誌上這些婚紗和禮服，自己設計了樣式，我信任妳可以照我的意思完成它們。」

這是很大的責任，寶姊說：「禮服公司的設計師和裁縫師應該更適合替妳完成吧？他們有很豐富的製作婚紗經驗。」

「不，妳的手藝已經很好了，我一直在找的就是滿意的裁縫師。我不需要花幾十萬上百萬在婚紗上就可以完成對婚禮的夢想，我是服裝設計科畢業，設計的概念我有，但不夠用功，沒足夠的手藝和耐心走入這行。但妳的手藝可以完成我的夢想，如果妳不嫌棄的話。」

湘湘又從提袋抽出一本筆記本，一攤開，純白的頁面畫了三襲婚紗草圖，翻到下個頁次，是兩襲禮服造型。

寶姊站在湘湘旁邊，湘湘的話讓她感到燥熱。難怪湘湘第一次來店裡就對模特兒身上裙襬的縫線發表意見，她是科班的，她懂裁縫，她像偵探一樣在尋找適合的裁縫手為她做嫁衣。寶姊連臉頰都燥熱了，呼吸沉重，話到喉口難以吐出。湘湘的氣息是帶著水氣的，在這乾涼的秋天，她坐在眼前，水潤鮮亮如春天的果實。

三襲婚紗草圖主造型大同小異，差在裙襬的長度和幅度，那是一襲緊身的魚尾裝造型，貼身的蕾絲花樣到膝上散開往下成為尾裙。湘湘問她意見。「哪一襲更適合我，或者需要做些調整？」

由於是秋天的婚禮，湘湘為自己設計的是長袖的婚紗，低圓領，蕾絲包覆貼身的袖長、上身，裙襬是細紗。

寶姊深知湘湘的身材，她直覺反映：「妳細瘦，胸部美麗，腰身細，完全可以撐得起蕾絲織線的繁複感，領口不想太低的話，圓領幅度可走到鎖骨下方五公分，紗裙散開處提高到膝蓋上約十五公分，可做活動式，拆掉紗裙就是一件短禮服。細紗層次可以誇張繁複，點綴水晶，妳走紅毯時，裙襬就會星光閃爍，水晶也可往上鑲進蕾絲，顆數多寡就看妳的意願。」

「就看我想成為一個什麼樣的新娘是嗎？」

湘湘眼裡閃過一絲陰翳，曠野的空寂，但很短暫，她轉頭看向門外的街景時，那陰翳就消散了，她望著門外的光線，說：「優雅中有輕快，那也是我對將來人生的願望。我的第一次婚姻不愉快，第二次，一定要好……。」

「不愉快……」寶姊複述湘湘的口語。

「或許說不成功比較恰當。」

湘湘開始編織她對婚紗的想像：「第二次穿婚紗，不再講究露多少，而是能不能表現自在，我希望穿出端莊優雅的感覺，這些國外雜誌上的婚紗運用的蕾絲和白紗正是我要的感覺，線條比例則要靠妳的幫忙，蕾絲和紗料可以幫忙找嗎？我設計系的同學也能幫忙。」

「要哪種白？純白、米白、百合白……」

湘湘眼裡放光，彷似眼前已星光燦爛：「純白……多美，如果找得到那麼單純的白的話，配上水晶粒，真是完美……」

夢一樣的語言，在室內迴盪般不斷衝擊著寶姊。寶姊從沒做過婚紗，第一次做就不能失敗，得製造夢想。前面有一個幸福婚姻的美景。但第二次會不會複製第一次呢？寶姊閃過這個壞念頭就覺得自己真壞，她得去找紗，喬琪紗、縠紗、雪紡紗、真絲羅、網紗、歐根紗、浪濤紗……她關上店門去博愛路、延平北路、大稻埕一帶布商雲集的地區找高級布料行，成排的蕾絲店，花色多樣，紗布種類亦多，但去了多次，走了多家，沒有滿意的織花和質料。千挑萬選，一如婚姻。

她一無所獲。

最後是湘湘自己送來了蕾絲布和輕盈柔軟中帶挺度的高級網紗。她從國外買回來。萬裡挑一，值得長途遠征選回來。她說。她帶回三大箱布料，她自己根據設計圖，採買了充裕的數量，也另外買了一些配飾，不管用不用得上，喜歡就買，以便臨時改設計時用得上。她把所有的布料都放在她店裡。

寶姊決定用一般的布料先做一件婚紗，穿上身後確認比例完美才做實際的婚紗，這超出湘湘的預期，湘湘坐在工作檯那端，注視著寶姊說：「我真是找對人了，想不到妳比我講究。」

「這布材是妳特地帶回來的，不能有閃失。」寶姊想的是，裁錯了是沒有替代的，只能成功不能失敗啊！婚姻也容不得錯，她想讓湘湘穿著完美的婚紗走入第二次婚姻。但這樣想時，她心裡好像有一潭寒水，令她發顫。她希望湘湘沒注意到她整個身子抖了一下。她將攤在工作檯上的蕾絲布兜到胸前，遮掩那抖動。湘湘正盯著蕾絲布上的花紋。

這塊蕾絲布在比利時紡織，寬幅達到一百五十公分，容易取花樣裁剪，純白，布料以絲棉長纖織出鳶尾花樣，花樣閃著絲棉的光澤，細緻高雅，寶姊將布料拿到湘湘身上比對，湘湘站在鏡子前，看著花紋的走向。她們共同決定花紋的角度，以某朵鳶尾花的正向做為胸前的部分，紗裙的圈數則根據設計圖的幅度，由寶姊決定要多少層才足夠。湘湘帶回來的紗有兩大捲，數量充足，做婚紗和頭紗都綽綽有餘。紗一圈一圈滾成一個圓桶，圓而滿，等待裁剪。

寶姊到婚紗店參觀婚紗。店員問是為女兒準備嗎？寶姊瞥眼牆上鏡面的自己，難道她的棉衫和長褲就讓她顯老嗎？還是沒有化妝？她早習慣不化妝了，那是自然的自己，她的顧客並不在意她有沒有抹粉塗口紅，她們在意的是什麼樣的布料和樣式適合自己。寶姊沒有回覆店員，說了謝謝就走出店門，再接著到隔壁的婚紗店觀看，這回她說只是看看。

她將其中一捲紗帶回家，她利用寬敞的客廳試驗紗裙的合理長度和適合的紗層數。寂靜的家裡，簡單的傢俱，白色沙發靜得太孤寂。她先將紗攤在沙發上，然後走進浴室，脫去所有衣物，沖澡，像她每一天入夜的儀式。擦淨身走出來，來到沙發，她將紗攤開，整捲的紗像沒有底似的，一碼一碼展開，鋪排在地上，看怎樣的長度可以表現出這紗質鋪展在紅地毯上的美感。

一碼覆過一碼，一層蓋過一層，時間波浪般一層一層堆疊，長大的女孩換穿嫁衣，那曾是少女的夢幻，在實現的那刻，白紗是浪花朵朵，打入愛的心窩。但湘湘的浪花曾經碎了，她正為湘湘把白紗揉捲成一座白色城堡，堡壘下的浪花會不斷湧來，如痴如夢的愛將永恆。翻著，揉著，捲著，她將自己裹入，牆上的全身鏡中赤裸的自己一層一層裹上白色的紗，一層一層包覆，赤裸的自己不見了，層紗蓬鬆得快飛起來了，紗層裡還有紗層，層層白紗，浪飛漫舞，終至將自己團團圍成一團像繭般的白色雲霧。

瓶蓋裡還有瓶蓋

再走下去離那家餐廳就不遠，很自然往這邊走，潛意識是想去那餐廳。餐廳有個小門廊，廊邊圍欄上植栽長春藤，爬得很滿，綠意成為對顧客的歡迎式。圍欄邊有兩張座位，提供給抽菸者使用。紅色門扉推進去，流燦的彩色玻璃吊燈掩映下，幾十張深色桌面和緹花布座椅，散發著幽靜典雅氣息。餐點內容則是上海菜混合江浙菜，菜色和裝潢設計完全東西方衝突，也有人說是中西方融合，不同角度看過去，總有不同觀感，越是衝突越引起注意，從來不缺客人。

週六的傍晚，才四點多，他們散步到這裡，熱鬧的逛街人潮，服飾與年齡都五顏六色，那餐廳老是客滿，她想先去登記。問他：「就在這裡用餐吧，那家餐廳看來不錯。」她很少帶他到這區逛街，過去她獨自或和女性朋友去那餐廳。

他沒什麼意見，就說：「都好，妳喜歡就好。」

他跟著她，以她的意見為主，時間還早，她在店家挑衣服，他站在門外等著。這是認識以來他們逛街的模式。有時她需要他的意見，請他進店裡看貨品，問他意見，他說好或不好很直接，這點讓她感到輕鬆，至少知道他的想法。試衣服耗了些時間，什麼收穫都沒有，又到下一家，服飾風格完全不符合她三十出頭的年齡，她藉口看看有沒有媽媽適合的衣服，又在店裡耽擱了些時，再到下一家傢飾藝品店隨便看看，那些傢俱木飾的繁複風格她都不喜歡，她欣賞的是簡單的線條，比北歐簡潔風更簡練，簡直就快沒線條了，也可說沒型沒相，根本沒渴求不需要。沒目的的逛街好累。她看了看手機上的時間，不全然沒目的，終於五點半，餐廳開了，她問他，要不要早點去餐廳，以免晚到排不到位置。他看來對逛街也索然無味，跟著她往餐廳走。

果然早到好安排位置，她指定要靠窗的兩人座，這是她第一次帶他來。紅色窗框外可看到外面走廊圍欄上的長春藤，十年前那裡種的不是長春藤，是一排易養易開花的非洲堇，紅的粉的藍的，盛開的，那時健帶她來，雖是晚上，門廊上的燈光照在花上更令人印象深刻，兩人就坐在今日她所選的相同位置。

健講究吃，那天她課上到將近五點，他到教室外接她，說要請她吃晚餐，她感到意外，是健第一次到教室外接她，方才上課上了什麼內容她一下全拋在腦後，跟著健散步到這條逛街區。穿過人群，走在健旁邊，旁人只像股拂過身邊的輕風，她感受到他的身體就像個會發光的磁場，使她緊緊的靠在他身邊，以為這樣走下去，會是一個安心安全的所在。他們就坐在這位置，窗外一點幽幽的光投射在玻璃上，他們的身影也反射在玻璃上，健替她翻開菜單，介紹她幾道這餐廳有名的麵食，他們身後有別的客人嘈雜的交談聲，空中充滿聽覺的干擾，但健那時跟她說的話，她聽得很清楚，健說：「一直想找妳用餐，但不敢，怕被拒絕。」他還沒用餐，已滿臉通紅。沒想到健也有害羞的內在，這樣他們的距離似乎更親密了些。健推薦她吃的是油豆腐細粉，麵端上來時，中等大小的碗裡，粉絲上飄浮著切細的油豆腐、蛋皮絲、海苔絲、蔥花，湯頭清淡不油膩，恰如一縷初萌的愛情。他們吃著相同的餐點，感覺距離又更近一點，她捨不得很快吃完，慢慢夾著絲絲縷縷的粉絲，一邊聽他講話，講他等兵役通知的這段時間在父親的瓶蓋工廠當打雜生，幫忙檢查產品良率。他說他們生產各種委製的瓶蓋，先設計再鑄模，再以高溫熔解塑料，然後壓模成形。「各式各樣的瓶蓋，光從設計到開模就是一項很專業的工作。」

她那時想像自己是一只需要有個蓋子密封保護的玻璃瓶，她的眼神盯牢在他因講話而晃動的身子上，他的語言和神情已形成一個密封度完美的蓋子，緊緊旋進她心裡。

他們相識在一場寒假的服務活動，嚴寒的冬天，他們在山上小學陪孩子們過寒假，為他們設計課程，授與他們健康觀、自然知識、科技知識。她那時參加只是想利用機會去山上過幾天，兩週期間她只負責保管球具，常坐在樹下看著孩子們在空曠的操場玩球及做各式體育活動，團友都說她是上來度假的，她不否認自己實在懶得帶小朋友，看山看樹才是目的。健那時就是負責帶小朋友的體育活動，和坐在樹下的她同時段陪孩子。晚上開完服務會議後，他們會自然的走到樹下坐一會兒，山色黑幽幽，在操場近燈探照下，遠方的山線深成一片夜空。健那時笑她太懶了，是富貴命，她豪氣承認懶惰是有的，但富貴則沒有。惹得健哈哈大笑，她喜歡他俊美瀟灑的笑勁，笑意的尾聲又含有一絲絲的壓抑。那時她確認自己愛上這個表情，愛上這樣一個男孩。

他帶她去那餐廳之後，健幾天沒有打電話給她，有天晚上來電，說要過來找她，那時晚上十一點了，他沒有約她吃消夜，目的不在吃，他來到樓下，說人就在樓下了，她的房間方便有男客嗎？

她下樓接他，匆匆趿了雙夾腳海灘拖鞋，短褲、棉T，她正夜讀，桌上的燈亮著，隔天段考。接他上來，他望望桌上的書，問：「妳讀書？」

「嗯，明天開始段考。」

「讀完了嗎？」

「還沒。」真的還沒。

「所以還沒有要睡？」

「還沒。」

「那床借我一下。」他隨即躺到床上去，單人床，一邊靠牆，他枕著她的枕頭，拉上被子，床的侵入者成了主人主宰了空間，她坐在桌前，轉過椅子看著他，他什麼話也沒說，看了她一會，閉上眼睛睡著了。她仍盯著那睡熟的臉，進入睡眠狀態快如落葉墜地。睡容的疲憊確實像片枯乾的黃葉。她關掉室內燈，轉弱桌上檯燈的亮度，讓瑩黃的燈光集中照在書上。眼睛雖盯著書上的文字，文字組合成的意思卻沒有來到心間。她不時回頭看他有沒有睡好，或者盯著他的臉，看他逐漸放鬆的神情，臉色趨於寧靜，終於恢復成一棵有生氣的樹，在呼吸間平靜的成長。夜也在呼吸著，調息吐納，由深沉逐漸甦醒。窗簾縫隙透出小片的曙光，書架上的小鐘指向五點。她坐在椅上五個多小時了。他身體動了動，伸手將被子拉上覆蓋頸子，側了個身，睜開眼睛看她，以半昏半睡的呢噥聲音問她：「我一直在睡？」

「是啊！」

他也瞄到書架上的小鐘了，左右翻了幾個身後坐了起來，說：「抱歉，讓妳一直坐在那裡。我該走了。謝謝妳借床給我。」

那時她住的是租來的學生宿舍，一層公寓隔成四間，他們走出房間，只有一張雙人沙發椅和一部電視一個茶几的小小客廳仍未甦醒，安靜得任何的聲響都顯得過大。他們輕手輕腳下樓，她送他到樓梯口，馬路上機車汽車的聲響已忙碌起來。她陪他過馬路，他不要她送了，說：「妳回去睡覺吧，如果還有時間睡的話。」

「你沒事吧？」

「沒事。睡得很好。」

她始終不知道他為何深夜裡來她住處借宿了一夜，而在這夜之後，他像人間蒸發一樣沒了蹤影。她沒有他的任何聯絡方式，除了知道他家開瓶蓋工廠外，其他一無所知，她總不能踏遍台北附近的瓶蓋工廠把他翻出來。多次她期待他會出現在教室外等她下課，這期待往往令她分心，老盯著窗外，眼神游移到樹梢、廊柱、窗框、毫無相關的走過的人。

過了半年，在夏季的中旬，繁花燦爛，夏果熟透的時節，她披著黑白相配的學士袍畢業，和同學在校園間拍學士照，花草樹木映入心中都空蕩蕩沒有色彩。離開校園就是切斷了和健的一切聯繫，健現在在軍隊中吧，退伍後會是在哪裡？或許遇到了什麼意外，已經不在人間了呢？健為何那晚來借宿？健到底存在過嗎？草枯天灰，送走她大學的喧譁與斑斕，一場中斷的夢，人在夢內還是夢外分不清。終於拍完合照獨照後，同學開始打聽求職情況。她快速轉身去洗手間換下袍子。把這套從小學一路念書考試承受大大小小分數壓力所得到的衣袍塞進背包裡，到校門口搭公車。在這一刻，她還不知道未來的工作和定位在哪裡，公車站牌下，幾個年輕學生也跟她一起等公車，在校門口的站牌下任何一個時間都有學生等公車，但離開了學校，走入社會，時間被公司制約了後，她就得在固定的時間等交通工具。這時她浮上一個念頭。她的時間不要被制約，她得保留時間的彈性，獲得支配時間的自由。在一張履歷表都還沒有投遞的情況下，沒有時間綁約的工作在哪裡？

過了兩站就到宿舍了，其實走路都走得到。這裡的房租比學校附近便宜一些，生活機能也好，路口有便利超商，巷子裡入夜還算安靜。但她得搬離這裡，不再是學生身分，不想住在以學生為主的公寓了。可是她得先有收入，才住得起一個單人的套房或個人獨居的老公寓。

把背包裡的衣服丟回衣櫃，這是要歸還給租借廠商的，暫時之物，勞她費神念了十六年書。背包裡多放了一把雨傘，根據氣象報告，傍晚後可能飄起小雨。

她走出來已是午後三點，她沒想到是在這時遇上未來的丈夫。她走過一條街又一條街，注意街上的公司招牌，了解街上分布了什麼種類的公司、臨馬路的店家和招牌立在樓上外牆的公司性質有什麼不同。來到金融業和旅行社集中的道路，除了街上走路很匆促打扮像上班族的人士外，其實也有很多像閒散出來逛街的人，因為商店裡和全日型市場裡都有光顧的客人。那表示有人是不需要上班的，有人不受上班族的時間制約，他們要嘛經濟無虞不需工作，要嘛做業務，一邊在外拜訪客戶一邊順便買個東西，要嘛待業中，像她這樣。

她發現並不一定什麼行業一定要在什麼區域，除非是政府特定的產業區，否則公司愛開在哪裡隨心所欲，金融區不全然都是金融業，服飾店、餐飲業到處都是，貿易公司也夾處在各式商業大樓中，她決定要找工作的話，就往喜歡的區域找，絕不花占人生大半的工作時間在難以忍受的區域。這樣想著，卻完全沒有想法可以往哪一種行業找工作，她雖讀了四年的服裝設計，但越讀越覺得這行太繁複、變化太大，不適合自己閒散的個性，她不可能讓自己找一個時尚的工作，時時繃緊神經找新流行元素，所以不打算走入時裝設計，但她可以利用自己的設計美學找個不太複雜的與美麗有關的設計工作，或許生活會愜意些。求職的思緒還沒整理好，倒先推門進入一家裝潢典雅的奧地利餐點咖啡館。天氣沒如預期下雨，她需要歇腳喝一杯咖啡。

因為近晚餐時間了，服務生送來含晚餐的菜單，還好是她消費得起的價格，幾百元對學生來講，還沒跨進奢侈的界限，雖然獨自享用幾百元的晚餐顯得寂寞了點，但在面臨剛拍完畢業照，確定即將走出校園走入社會的這一刻，吃點好東西犒賞自己並不需要帶著罪惡感。才過五點半，走路讓她在坐下來歇腳的這刻有了飢餓感。原來只想喝杯香醇的咖啡，結果點了一道道地的奧地利炭烤豬排和海鮮湯，再加上沙拉、麵包等，簡直對自己太優待了。一個人的晚餐，也可以很奢華呢。但為何最後是一個人了呢？健在哪裡？放眼餐廳裡的客人，只有六個，有兩桌是兩個人用餐，角落有一個男士用餐，連她，共六個，其他那五人包含三名男生，都不是健。望望窗外經過的行人，也沒有健。她得習慣一個人，不如好好專心品嘗送上來的美食。

麵包和湯品很快送上來，她專心為麵包塗上混合香料的奶油抹醬，另一片蘸上浸泡香料的橄欖油混黑醋的香料，這兩片麵包已為她帶來如女皇受愛戴般的開胃享受，蝦隻和蛤蜊干貝粒分明的海鮮湯驚醒味蕾，一個人的盛宴已開了頭，善待自己實有必要。接著上來的沙拉，凱撒沙拉的多種蔬菜為底，再鋪上兩片薄薄的燻鮭魚片，這樣的前菜已不亞於五星級飯店，價格卻是平民多了，不能不說是一下午走路尋找求職靈感的最佳犒賞。炭烤豬排送上來時，她已有飽足感，但那豬排烤得勻稱內軟外硬的質感與醬料的光澤仍深深滿足味蕾，拿著刀叉像研究如何雕刻工藝品般的小心翼翼分割骨肉送入舌尖。她沒留意自己花了多少時間品味豬排，到甜點、咖啡送上來時，餐廳的座位幾乎都坐滿了，客人在正常的用餐時間湧進來。看看錶，近七點，這時循原路走回宿舍，剛好消耗掉一些剛才吃進去的熱量。那麼下午直到晚上的以尋找求職靈感為名的逛街和貪啖，或許只是一場健康步行的附加條件而已。

結帳走出來，才發現外頭細雨霏霏，氣象預報果然說對了，只是時間沒拿準，她走過騎樓的幾家店來到街口，抽出背包裡的雨傘，旁邊一名穿西裝的紳士拿手帕蓋在頭上，一副準備衝入雨中的樣子，她一邊打開傘一邊隨口問：「要和我一起撐嗎？」她只是感到穿著西裝淋雨太糟蹋西裝了，和他的派頭也不相稱，他是坐角落那位獨自用餐的男士，她結帳時沒注意到他也用完餐準備離開了。那男士說：「謝謝，如果可以的話請共用一下。」

「你往哪裡？」

「跟妳同一個方向。」男士說。

她有點遲疑，以腳步站的方向，就是過紅綠燈到同側的另一排樓，那也正是她來的方向。綠燈後她便往那裡走。他接手拿傘，和她一起在傘下。很短的路程，又是騎樓。男士收傘握在手裡。男士說：「在餐廳看到妳自己用餐，很專注享受。」

男士露出微笑。她有點驚訝他觀察她用餐，是否吃相不雅呢？她也有點害羞想笑了，那男士見她笑，繼續說：「妳吃炭烤豬排那認真樣好像是天下第一美食，我感到很有趣，很少看到女生吃肉吃得這麼忘我，女生通常不是吃得較清淡嗎？」

她滿想拿回那把傘敲他，卻一路談了下去，他和她過了一個街口又一個街口，他問她是否還是學生。她說即將畢業，在找工作。他問她會什麼？想找什麼樣的工作？她說不知道還沒概念，想找和美麗有關的工作，又不必受時間拘束打卡上下班。她說完哈哈大笑，笑自己天真，天下哪有這麼好的工作，像講笑話一般的說出心底浪漫的無所事事的態度。那人問她：「妳會畫一些簡單的美麗的東西或寫些美麗的文字嗎？」她說：「當然會，美麗的東西和文字我都喜歡。」她隨意說說，他卻說：「那來我這裡上班吧。我是酒商，進口一些主要產區的葡萄酒，我們對會員客戶有一份專刊，如果妳會畫一些簡單卻美麗的東西，寫些美麗的文字，可以為我們的專刊增色。這個工作很自由，不會把妳拘束在辦公室裡。妳可以去訪問一些使用我們酒款的餐廳和品酒師，寫寫美麗的酒評。」

這一天，這一夜，她把它歸納為天方夜譚奇遇記。她好像落入人間的公主，成年後被皇宮尋獲身分。

這個大她十五歲的男人，後來跟她說，他離過一次婚，那晚去採用他進口的酒款的餐廳做商務溝通，順便留下來用餐，一眼瞧見她，就被她吸引。他有意的跟她出來，剛巧又被她邀請共傘。天賜的緣分是跑不掉的。他跟她求婚。

她才幫他編了三期酒刊，就成為他的太太。她是懶得過規律生活的人，嫁給他當妻子，她的時間就是自由的，也不必為住處煩心，原來最沒有時間制約的是當個不必上班的家庭主婦，而且最好有錢，不必為了三餐定時在廚房裡為柴米油鹽團團轉。她的時間是否因此交給了婚姻，這算不算最大的時間制約，她不打算追究，起碼總算有一個容身之處，不必再當城市的游牧族。他有錢，家裡的沙發柔軟舒適，兩個孩子跟前妻住，他定期去看他們。為了不刺激前妻和孩子們，他們低調結婚，開了幾桌宴請女方親友，他看起來體面，又有自己的事業，她的家人並不挑剔十五歲的差距。男方這裡只有父母兄弟湊兩桌算是告知了。她並不在意。感覺是被一個婚姻收留的，寄宿了一個空間夠大，簡潔可讓她隨意布置的家。

她買了許多瓶瓶罐罐，布置在餐廳牆上的一面展示櫃上，凡是瓶蓋特殊的瓶罐她都買。每瓶酒當然都有瓶蓋瓶塞，但偏偏有金屬瓶蓋的酒大多屬料理酒，而好酒以軟木塞封套，那些沒有收集性，也無法由她收集，賣出去的酒，瓶蓋瓶塞也就屬於買家的了，她要的是塑膠製成的瓶蓋，有些玻璃或金屬瓶罐產品的瓶口會有設計特別的塑膠瓶蓋。酒商丈夫問起，為何擺了那麼多瓶瓶罐罐，她淡淡的說：「那些瓶罐可愛嘛。」聽起來只是孩子氣。

沒有任何一位同學像她這樣一畢業半年內就找到婚姻當庇護所當起老闆娘，而她又自覺不像個主婦，因為先生已經有兒女了，她暫時沒有生育的打算，試著和大十五歲的男人磨合生活。他們常外食，隨心所欲的過著日子，先生去歐洲酒莊採買酒款，了解新酒品質時，她跟在身邊。她沒想到拍完學士服照的那天只是去踩街，就踩出了一個華麗的人生，享有無拘束的兩人世界，又遊歷了歐洲數個城市。她的同學還在公司當基本人員，有的在研究所拚碩士學歷，她儼然已是養尊處優的少婦。她和先生出門可以將自己打扮得成熟一點，化妝、戴耳環、穿洋裝或套裝、穿高跟鞋，看來比實際年齡成熟些，但在先生身邊，永遠像個年輕的貼身女伴。

夢幻可以即時來，也可以即時去。她沒料到在婚姻的第四年，陪在先生身邊去歐洲拜訪酒商的是另一個女人，三十多歲，成熟嫵媚，她自認沒有那女人的媚勁和吸引力，她要退出婚姻。先生兩難，既不想放棄她，也無法斷絕那女人。她便請來徵信社蒐證和聘請律師，要求離婚，且要到一筆豐厚的贍養費。她不怪自己狠心，當發現不想再睡在他身邊時，他的外遇適好給她解套。四年婚姻替她賺得了一些財富，她搬到較小的家，兩房，自己的空間。自己成立小型公關公司，替酒商辦品酒會和友誼交流會，這也是跟在先生身邊學會的謀生能力，公司規模小，不至於讓她整年忙，她只求能維持生活。她也不怕在品酒會和交誼會的場合遇見前夫，他身邊的女人自然會看緊他。

如果不特別打扮，她還是像個學生模樣的小女生，二十六歲，留短髮，常穿棉衫、牛仔褲，淡妝，瘦高的身影，清純中透顯貴氣時髦的氣質。四年的婚姻訓練，讓她有這年紀女生少有的幹練，卻畢竟還算是個年輕的女生，幹練顯在青春的臉上就是機靈的俐落。公關公司的經營漸上軌道，她摸出了相當熟練的做事方式，開始有了一種不慌不忙的態度。一個人的生活簡單，有時和商場的朋友出去飲食或遊玩享樂，回到家仍有一股揮之不去的寂寞。她在旅行或平時逛街時，仍會為了一個美麗的瓶蓋而買下那只容器。有次看到一只很美麗的水瓶，瓶蓋是雙層設計，瓶蓋裡還有瓶蓋，內裡那蓋子是為了就嘴飲水，外頭的蓋子設計成杯子，既可防塵也可當杯子，而瓶身是保暖保冷的不鏽鋼材質，這水瓶看來萬無一失，雙用途雙保障，還投了兩千萬產品責任險。她把它放在家裡的展示架，架上的東西看來壯觀如賣場貨架。她有時盯著所有的瓶瓶罐罐發呆，遠去的時光裡有些影子在那裡晃動，有時她懷疑那些影子是否存在，是出於幻想還是現實？那年寒假她到底有沒有去參加山上小學的寒假生活營，為何沒有留下一張照片？但她又那麼確知健躺在她的床上，她點了一夜的桌燈，在燈下陪伴他。時間分離了現實，卻又不斷製造難測的現實。

她並不排斥單身，卻也不打算永遠的寂寞下去。對於過早的有一個失敗的婚姻，她感到彷彿經歷了一個人生，她得好好的放慢步調，在還二十幾歲的時候感受年輕，甚至可以和不同的男人約會，享用被追求的新鮮感。試了幾次，沒有感覺的約會只讓她更累。某天在她辦的品酒會，來了一位新鮮面孔，他是某位進口酒商帶來的新主顧，因為要進一千瓶高級酒款犒賞員工，酒商帶他來品味新進口的酒。那人看來忠厚殷實，承自父親的事業，才三十開外就管理擁有幾百名員工的連鎖禮品店，從工廠到門市自產自銷，販賣木雕瓷器等工藝品。在整個品酒會裡，他安靜有禮聆聽品酒師對每一款酒的介紹，才喝了三款酒就滿臉酒紅，只管微笑向旁人致意。之後在小型的友朋間的試酒會裡，他常受邀，說是要練酒力，也跟酒商買進不少酒，後來他說，他的目的在接近她。他和她所認識的朋友不同，對美酒美食沒有必然的嚮往，衣著很簡單，沒太多變化，花大部分時間在公司裡，會和公司員工一起吃便當。

這半年來，他們時常私下約會。她去過他獨居的房子，在郊外，離父母的房子不遠，在山坡地形的獨棟房子，前庭後院，二樓有個弧型雨簷突出來，三樓前半部是有陽台功能的陽光房，也有一個遮陽玻璃罩簷突出來，從一樓看上去，滿像兩個瓶蓋護著這棟建築。房裡幾乎沒什麼擺設，天花板造型簡單平整，崁著幾盞圓形燈。客廳掛了色彩鮮明的現代抽象畫。她喜歡這簡單的生活空間，喜歡他的平實。她試著放鬆自己接受他的殷實，心裡卻波濤洶湧，不相信神話會發生第二次，與她靠近的男人都帶著財富的光環。

她毫不隱瞞自己曾有一次婚姻，事實上也難以隱瞞，品酒界誰都知道她的前夫是進口酒界講得出名號的商人，風流史也眾所周知。他沒有因此退縮，未婚的他這半年常常陪伴她。

今天他們來的這家店當然對她已不新鮮了，他卻是第一次見聞，西餐廳的外觀，看門面會以為是家咖啡館，裡面應有各式各樣的甜點，走到裡面看到西式的緹花椅和彩色玻璃吊燈，也會以為是賣義大利麵或牛排的西餐廳，卻是沒有吧檯沒有酒品，牆邊有小菜櫃，擺著多種小菜，菜單是上海點心小吃，加一點江浙菜。廚房應很油膩，油煙味卻沒飄到廳桌間。他睜大了好奇的眼光，一入座，眼光仍四周環視著。

「竟有這樣一家餐廳，氣氛還不錯，以前怎沒帶我來？」

「餐廳可多著呢，怎知你會喜歡這風格。以後就常來吧。」她說。眼光望向窗外那排長春藤，外頭光線還亮，藤葉深綠淺綠交錯，把花台盤得夏意漾然，她想天色暗下來時，那排長春藤會不會變成花色鮮豔的非洲堇呢？

她指定要油豆腐細粉，他說那太清淡了，於是請服務生拿了幾樣開胃小吃，又在菜單上選了上海粽、小籠包、雞湯，還問她要不要炒個鱔糊或來個蔥燒子排。

「不要，那太多了。我們已叫太多了。」

「妳不能只吃一碗油豆腐細粉，那不夠的，當然要讓妳吃夠。」

她知道他不會虧待她。但此時此刻，她感到坐在這個位置的是當時那個學生的自己，過著簡單的生活，羞澀且愉悅的迎接愛情的叩門，以為愛情來了。她不禁低下頭來，手指玩繞著緹花桌布。他問：「怎麼了？不喜歡我叫的菜嗎？」

「喜歡，你叫什麼我都喜歡。謝謝你。」

她不知道這是不是標準答案，但她試了很多次，這答案從來不會把兩人的氣氛搞砸。

菜色一一送上來。油豆腐細粉湯頭上漂浮的菜色和十年前有一些不同，油豆腐不再切細，海苔絲沒了，混了一些筍絲。有些些改變是很自然的事，畢竟也十年了，做菜的師傅不知換過了幾輪。但湯底本質是一樣的。有些事本質是一樣的，也該一樣的，除非天翻地覆，否則樹是樹，雲是雲。

他讚美油豆腐細粉看起來清爽美味。她想要加上一些胡椒催化味覺，發現桌上沒胡椒，請服務生送來。服務生送來胡椒瓶，透明的壓克力瓶身連著一個旋轉研磨型瓶蓋，瓶蓋是一只球的造型，摸起來很圓滑。她撫摸瓶蓋多轉了兩圈，胡椒紛落到湯裡，斑斑點點，像磨碎的歲月。

他邊用餐邊讚美這餐廳的菜色毫不苟且，相當到味。

「既是這樣，我們的訂婚宴可以在這裡進行嗎？」她看著他。

他可能感到太意外了，臉色突然像肌肉神經停止傳導，僵了一下，停下咀嚼，壓低了聲音問：「這畢竟是個小吃為主的店，我們訂婚應在五星級飯店，何必選這裡呢？」

「婚姻生活最終是平實的生活，訂婚在平實的店宴客，也是象徵一種想過平實生活的決心啊！畢竟受邀的都是最親的人，他們不會在意的。等結婚時，再去五星級飯店熱鬧熱鬧，有何不可呢！」

他沉默。

「你平時並不講究排場，也可和員工吃便當，在這裡訂婚正好吻合你的個性，而且你剛進來時也喜歡這個餐廳的設計。我們訂婚只請家人，不需要排場，不是嗎？」

最後一句說動他，他說：「妳喜歡就好。真的很平實。謝謝妳。」

「但我要一個豪華的婚禮。」她將手伸向他。他握住那手。

「我的第一次婚姻太低調，成為一個失敗的婚姻。我的第二次婚姻不能再失敗，必須高調向親友宣告。」

這又說中他心底的盼望。他施加力度握住她的手。

她不會輕易放棄第二次婚姻的。她要找一位高明的裁縫師為她裁製婚紗，她要獨一無二，與眾不同，她將參與設計，所以不會找意見強烈難溝通的名設計師，她要的是可以合作又手藝精緻的裁縫師，她要保留這件精心設計的婚紗，猶如契守第二次婚姻。

她將搬進宛如兩個瓶蓋保護的家，在那裡展開新人生。她拿起胡椒罐，又旋轉了兩圈球型瓶蓋，這瓶蓋很可愛，她想收集。油豆腐細粉浮著過多的胡椒，她感到那味道不同了，但她不打算說。

妳在哪裡

宜翠在寵物店的櫥窗外站了一會兒，窗裡有五只鐵籠，分別關著不同品種的小狗，都剛出生一個多月的樣子，毛色柔細漂亮，小小身型惹人愛憐，她從牠們的姿態和眼神揣測個性，有的眼神精亮，可能是活潑好動型的，有的眼神溫和，老趴著嗜睡，可能個性溫和或敏感。這個星期她幾乎天天來到這櫥窗前看著其中一只籠子，裡頭有三隻小馬爾濟斯。

她猶豫到底要不要買下其中一隻。昨天來的時候，差點走進店裡，買下那隻公狗，幾天前店員跟她介紹那隻公狗活潑好動，應屬聰明。但最後的理智，讓她走出騎樓，過紅綠燈到分隔島等公車。這時站在窗前，那公狗不在了，另一隻狗也不在，只剩下一隻母狗，趴著睡覺，眼睛瞇成一條細線，任隔壁籠子的吉娃娃不斷走動發出低嗚，都吵不醒牠。如果一定要今天買的話，她毫無選擇只能買下這隻。

袋子裡的手機震動，急忙掏手提袋，手機滑了一下才握穩。

一聲長長的喂，馬路車聲太吵。

是媽媽，說在浴室跌了一跤，幸好媳婦發現，送她去醫院，腳踝脫臼，過幾天就好了，沒大礙。

沒大礙還打來？明明想知道她的行蹤。她故意將手機拿遠一點，讓馬路的車聲傳到媽媽那裡。她又靠近手機時，說：「那就好好躺著，等關節靈活了才走動。」

媽媽終於忍不住問她：「妳在哪裡？很吵。」

「過馬路，要回家。」

掛斷電話，她已站在公車站牌下。

她沒有再去寵物店，潛意識仍然告訴她沒有條件養。她獨居在外，時常出差，萬一養了寵物，老讓寵物住旅館也不是辦法，那地方，大多時候把寵物關在一個很小的範圍內。

也許該回去探望媽媽，媽說沒大礙，說不定只是安撫的話。但也過三天了，嫂嫂沒跟她打電話，那表示沒事，媽只不過喜歡藉電話知道她在哪裡。

她還是主動打了一通電話給嫂嫂。

「媽說她跌倒，腳踝脫臼，是吧？到現在要不要緊？」

「脫臼？沒，扭到而已，暫時扶拐杖走路。沒要緊。她跟妳說脫臼？」

「喔，沒，可能我聽錯。沒什麼事就好，我過兩天去歐洲出差，大約十天不在。」

交代了行蹤，她沒要求和媽講話，媽故意說脫臼，也許想多一點同情。但她不需在嫂嫂面前搬弄媽媽，以免婆媳產生不必要的心結。

她去大賣場買行李箱，上回從印尼回來，行李箱有一只輪子旁的箱身裂開，這行李箱跟她跑了許多國家，終於一隻腳踝磨損了，不知是在印尼機場的行李運送處受了傷還是台灣機場的運送受到重力拉摔，反正是不能再用了。

沒有東西用不壞的，一只行李箱的陪伴年數已超過她任何一任戀人的陪伴。她趁機換新，這次挑了一只紅色，底部四個轉角還有加強保護的設計。好似想一勞永逸，終生使用。但總不會那樣的，總有哪裡出錯，她使用過幾只行李箱了。買新的時候，總是寧願相信，這只的壽命會更長。

三十六歲，跑旅遊，已經開始嫌老，雜誌社裡跑線的女性只剩她最資深，比她年長的，要嘛已婚要照顧家庭，轉編輯，偶爾代班跑一趟，要嘛另謀新職，她因單身，一直在線上採訪。沒什麼不好，吃喝玩樂做為一種職業，說了別人都羨慕。社裡還有一位跑線男性阿飛四十幾，經驗豐富，他用鋁合金行李箱，這高檔行李箱似乎真的比較耐用，但前提要喜歡鋁合金的金屬感和願意付出昂貴的價格，偏偏她不喜歡金屬感和奢華感，偏執的以為自己不是那階層的人。阿飛的箱子貼滿歷年累積下來的通關條碼，從不撕，註記旅行足跡，那只箱子將來可以懸掛在家裡的某處當裝置藝術，一生的工作紀念。

旅行不是種生活的藝術嗎？是的，她將它當生活藝術看，否則無法持續。總在換時差，總在轉機，總在適應不同的氣候，機艙的飛行噪音伴著機上昏昏沉沉的睡眠，下機是另一個空間，空氣的感覺不同，濕度溫度觸及皮膚，那異樣的觸感使心情轉移。流動的時間，流動的自己，好像換了濕度溫度就換了一個人。頻頻在這轉換中，看日月星辰的角度和傷感竟也多樣了起來。下一站她要去北歐，這新行李箱像要開啟一段新旅程，其實不是第一次去北歐，但隔了幾年用了新行李箱，感覺又是一趟全新的旅程。她把行李箱拉出賣場後，恍惚有一種新人生的感覺，即使對街樓群凌亂的外觀、街上急馳的汽車和摩托車颳來的噪音，仍一如既往。

從計程車下來，把行李箱拉回租賃的住處，一棟舊大樓的七樓，老電梯把她推到七樓，左右兩戶，她的在左邊，出了電梯得向左轉。剛搬來時，有回她夜裡與朋友聚，喝多了，那晚她向右轉，鑰匙插入鎖孔，怎麼也插不進去，磨磨蹭蹭的只有鑰匙與鎖孔金屬磨擦的聲音，裡頭的鄰居想必從門孔窺見是她，開了門，她嚇醒大半，聽到客廳電視機嘈雜的聲音似乎是支影片，開門探頭出來的是黃媽媽，她說，錯了喔，妳要開對面的門。她便整個酒醒，急忙道歉轉身到對面開門。黃媽媽還拋來聲音，問她還好吧？她一定聞到她滿身酒味。她應該有回覆還好。因為以後在電梯碰到，黃媽媽總是對她微笑。這點她是幸運的，鄰居是個友善的人。如果養了狗，要出差時，是否可把狗寄放在黃媽媽那裡呢？但人家憑什麼替她照顧狗，說不定不愛狗或對狗過敏，連嫂嫂都表明過不喜歡狗不可能替她照顧，又怎能盼望鄰居大發慈心呢？反正那次後，她不管清不清醒，總在心裡默念，左邊左邊，像回家進門前的禱詞，以便確認進對了門。

但也不免嘲笑自己命中是否太乾荒，為何走錯門的那家不是住個帥男，像電影裡常見的那樣，被帥男收留，然後酒精催發欲望，成就一件浪漫的愛情。說給同事聽，同事說，妳未免想太多，電影那種浪漫太虛假，人生裡要剛好被帥男，且是個可以相處的帥男遇上的機會跟中樂透一樣低啦，摃龜的時候多。難怪人們要看浪漫愛情電影，補足現實中的缺乏。

原因不在那裡，她心裡明白，她相信浪漫，也許過度相信，以致期待那是一場別開生面或驚喜的場面，而忽略了平靜中發生的事；也可能與預期不符合，層疊的山峰上面還有山峰；也可能只是一直在擦身而過；也可能是沒有努力想把自己安置下來。後天，後天深夜的班機，她又要飛往歐洲，先到阿姆斯特丹，再轉往芬蘭。

新的行李箱既然已經買了，璀璨的紅，新穎的美麗希望。那只銀灰且刮痕累累的行李箱就可丟棄了，租賃的空間有限，她也不喜屯積東西，以免搬家麻煩。等一下垃圾車會開到路口，今晚有資源回收，就把舊的拿去回收。等垃圾車的空檔，她快速拿出舊箱子，打開確認裡面沒有東西忘了拿出來，便將它滑到門口，再回頭收拾垃圾，口袋裡放了點錢，拿了鑰匙便把要扔的東西都拿到樓下的路口等垃圾車。

很多人提了大袋小袋的垃圾等在那裡了。晚上七點十五分，這是這個路口的垃圾車時間，她的舊大樓沒有垃圾收集的服務，住戶得自己處理垃圾，和附近的公寓居民一樣，好像社區趴，準時七點十五分大家在那裡見。她最討厭在這個時間人在外面回不來，她得跟朋友吃飯，她得逛街，有時加班，種種理由讓她無法在這時間倒垃圾，但她也不能因為不能天天倒垃圾就不買東西不吃東西不製造垃圾，生活真是一場製造垃圾與安排垃圾的過程，出國前她一定會趕在垃圾車來時清光垃圾，且不再製造會產生味道的垃圾，以免多日回家後，凝滯的家中空氣飄浮腐臭味。

黃媽媽和她的先生已經在路口等著倒垃圾，她和他們點頭打了個招呼。垃圾車開過來，第一部收一般垃圾，大家撲上去，把手中的垃圾袋往車中扔，第二部是資源回收。她先扔掉垃圾，像扔球一樣的一條拋物線扔掉了自己製造出來的垃圾，拖著行李箱來到第二部，隨車的清潔人員說，行李箱不能回收，得當一般垃圾扔掉。原來這個帶著旅行用品的箱子是不值得回收的。她以前扔過，怎就忘記了？是還在眷戀旅行的記憶吧！

回到第一部，把行李箱扔掉，垃圾車很快又往前開。倒垃圾的人走散，她看到黃媽媽和她的先生往小公園的方向走，那裡有個水果攤。他們的背影都略駝，身型鬆垮，但常看到他們散步，六十幾歲近七十的模樣，雙雙退休，領退休金過生活，週末時，兒子和媳婦會過來一起吃飯，黃媽媽說他們不想和兒子媳婦一起住，他們想有安靜獨立的老年生活。這是理想的生活嗎？她不知道，只知道她自己的媽媽並不獨立，也沒有條件獨立，媽媽經濟上得依賴子女，性格上喜歡熱鬧，去菜市場是日常生活重心，她喜歡和攤販聊天，天天去買，去看人，因為無法提很重，只買當天的量，因有走路鍛鍊身體的機會，所以嫂嫂樂於讓她去市場買菜，省去她買菜的時間，也省掉為菜色爭執的麻煩。

媽媽常打電話給她，總問她在哪裡？除了上班求經濟獨立，她能在哪裡？只是她的上班地點四處遊走，俗語叫玩，四處玩。也許是這樣，媽媽才問她在哪裡？不，媽媽很早以前就喜歡問她在哪裡。她玩的躲貓貓遊戲，是在媽媽呼喚聲裡，越躲越遠，到媽媽的聲音聽不見，便有其他家人、鄰居來找她。那時在鄉下，前屋後院，像打通似的，一個聲音，穿梁走壁，全村知道發生了什麼事。有回全村的人把他們家裡的每個角落都探遍了，只能搖著頭說，沒看到你們家宜翠呢！是廟公在供桌下發現了她，翻開鋪著紅綢巾的垂地桌巾，她躺在地上睡得正酣。

他們搬離家鄉時，她剛要上小學，爸爸在台北的工廠找到工作，離開乾荒的土地來到房屋密集的台北三重一帶，做鐵窗鐵門的鐵工廠工作，媽媽照顧孩子。孩子上學後，媽媽去市場打零工，擺攤賣飾品，在台北後火車站批來廉價飾品，排放在一只寬大的木箱裡。摩托車運載木箱到市場，兩把木架一放，木箱打開，嵌著閃亮人工鑽的大大小小飾品就像星星般，在食物氣味雜陳的昏暗市場裡成了繁華璀璨的夢。主婦們停在媽媽的攤子前挑選飾品，想挑出華麗的星星裝飾自己美麗的夢想，主婦們挽著大袋小袋生鮮食物走出市場後，還有一個現實中需與人交際的場合，需要這些飾品裝飾門面。媽媽從不缺顧客。不管賣多賣少，對媽媽來說是額外的收入，可以貼補生活，可以為孩子多買一雙鞋，或應付人情世故紅包白包，那些飾品沒有腐壞期限，像石頭一樣不會蝕本，是可保本的生意。

對不需飾品的人而言，那些人工鑽、金屬夾，何嘗不是石頭。她自小看慣那些了，反而無感，那看來極廉價，又努力仿真的飾品，向來她感到多餘，所以身上從來沒有一件飾品，以為自己不過是個缺乏女人味的乾涸身體，可她歷任的男友，為何沒有一個跟她提及她該戴些飾品呢？也從來沒人送過她。這麼可有可無，說不定連石頭都不如。也可能男人習慣被動的視覺，不善打扮女人，他們由女人的自我打扮決定愛情行動，而她的不善打扮，毫無飾品為她加分，終歸愛情都無疾而終。

童年到少女的家裡，總有那只飾品木箱，時常補進新貨，她會在晚上幫媽媽把貨補滿，戒指塞進細凹槽，項鍊掛到勾釘，髮夾髮箍嵌進溝槽。晚飯後，廚房餐桌都收拾乾淨了，媽媽就喚她，宜翠——宜翠——。她聽到那喚聲，便走離書桌，來到攤著新飾品的餐桌，一個個開始它們應有的歸屬位置。媽媽這時問她成績，問她學校，替她批評老師的不當，說說丈夫的不是，還順便說在市場裡碰到的奧客，隔壁攤那個賣衣服的不來了，來了個賣皮包的，皮的氣味真不好，聞得噁心想吐，一會又說鄉下的姑姑來借錢。她起身去洗手間，馬桶剛坐下去，媽媽又喚，好了沒，妳看這個花樣客人會不會喜歡？或者媽媽差遣她，為哥哥收拾房間，拿出髒衣服，查看哥哥這時在哪裡，去賭博的地方把爸爸叫回來。那是她最怕的一件差事——不要叫我去叫爸。媽媽還叨叨不停，她回房間，關上房門，將課本拿到床上閱讀，任媽媽又叫喚，隱約聽到媽問，妳睡了？她沒有回答，她想她是睡著了，趴在床上，教科書在一旁，她伸手關燈，那個開關的位置她不必抬頭就摸得到。

讀大學時，她想到中南部念，不幸沒考成，留在台北，留在時時有媽媽叫喚的公寓裡，面對一個垂頭喪氣的爸爸，那時他不做鐵工了，這行業有本事的，到老便自己開個小型工廠，不然只有退位，扛鐵門鐵窗由年輕人接手，鐵門轉型成鍛鐵，不然就不鏽鋼、鋁窗，爸爸跟不上那潮流便只好退潮，和媽媽一起在市場裡擺攤，媽媽仍賣飾品，爸爸賣帽子、雨傘，攤位不大，收入也不高，勉強維持生活，她和哥哥都打工，過最儉省的生活。他們幸運的是早期在城市的邊陲買下一層公寓，全家還有個容身的地方，即便貸款一貸再貸從來沒有繳清。但她一直想離開那三房一廳的公寓，離開那狹隘的飄盪著帽子雨具材料氣味的空間。那裡還有個老是不去擺攤，和昔日鐵工朋友混在一起打牌的父親，老是躺在客廳沙發上就睡著，由著媽媽謾罵，同樣是做鐵工，何必到台北來，南部不是更有發展機會？成天不在家，賭間就有飯吃，就去住那裡，不要回來。

她時時夢到媽媽的叫喊，叫喊過於激烈她便醒來，不知此身何地何時。若是黑夜，她便摸摸床頭的小鐘，按螢光看時間，最怕醒來是半夜一兩點，那表示離早上還太遠。那時父親常咳嗽，半夜咳。她害怕那老是咳不完的聲音。

大學畢業那年，父親肺癌離世，像是他自己放棄的，生活已沒有目標，他不積極治療，做了一次化療就不肯再繼續。家裡空蕩蕩三個人，哥哥剛退伍，找了個工作便把家扛下來。媽媽夜裡常到她房裡，說，妹妹啊，妹妹啊。光叫著，注視著她的一舉一動，老半天才說，唉，交朋友了？她那時課後打工，常不在，但就算交朋友用掉了時間也正常，難道不該交朋友嗎？媽媽盯著她的意思彷彿她才從男朋友的寢室回來，那麼狐疑沒有祝福的眼神。她背過身去，想著所有可以離開家的方式。

然後在旅遊雜誌社找到跑線的工作，那時年輕，新鮮的興奮感，達到離開的目的，吃喝玩樂還有薪水拿。出差旅行的途中，媽媽打電話來就問：「妹妹啊，妳在哪裡？」

在天涯在海角，在一個抬起頭來看不到一張熟悉面孔的地方。她自由自在，拿著相機捕捉美麗的事物，把大世界濃縮在雜誌小小的頁面上，那是她職場角色的意義。專業相機扛久了便笨重，從光圈和快門的調整使景物散發勾魂一遊的效果。專業旅遊雜誌講究照片品質，絕不是自動相機就能打混畫面。即使對一道餐點，也是拍了又拍，調整光圈，使色澤和畫面都達到令人垂涎的地步。當然她也有部口袋機，很隨興的捕捉瞬間。她的旅程很忙碌，鉅細靡遺，蒐集各種資訊，以侍候最後一道步驟——寫稿。

她憑心情和機緣為媽媽和嫂嫂買點禮物，蜂蜜、花草茶、痠痛膏、護手霜、農產品罐頭、刺繡墊布、特色餐墊……一些小東西，帶回當地的氣息轉給她們，讓媽媽確實相信，她真的去了那裡。

哥哥決定結婚時，她終於有了好理由搬出來。她說，有了嫂嫂後，像個正常完整的家了，她的作息跟家人不一樣，為了不妨礙兄嫂一家之主的自主空間，她搬出去住最理想，因她常出差不在，在的時候又常熬夜，會彼此干擾。媽媽說：「不如我跟妳搬出去好了。」「那怎麼可以？房子是妳的，妳搬出去，哥嫂怎做人？」她堅持，那時她三十歲，極度渴望一個人的空間。為了擔心姑嫂相處不悅，媽媽答應了她，看似依依不捨，卻又很快被準備婚禮的喜氣沖散。接著娃兒一年生一個，兩個孫子使媽媽忙碌，家裡確實也塞不下她了。媽媽反倒惆悵，總惦記她什麼時候回來吃飯。時常打來電話問她何時回來？有時早上打過忘記，下午又打了一通。

在房裡，書桌前，寫稿。她有一間臥室，一間書房，最豪奢的空間了。她需要一張大桌子，讓她在使用電腦時，桌上可攤放各地獵捕回來的資料，還要能放上零食和飲料杯、手機、相機、幾本書。桌上各種物品構成的凌亂景象令她放鬆，只有在寫稿的時候，她可以很隨興的凌亂，隨手抓到她需要的東西，才能讓她以最自在的心情把旅行中的飲食、景點、文物歷史等等拿去交換讀者閱讀的注意力。她靠文字喚起讀者的想像和欲望。從畢業到如今三十六歲，她駕馭旅行介紹的文字已經嫻熟到可以成為公式，有時感到煩倦，對旅行帶回來的資料，盯視很久，想像以不同的角度達到引起到當地旅遊的欲望。是她對旅遊點失去感動了，才需發呆般的想像可用的介紹方式嗎？或許是，或許不是。人生沒有永遠的歡樂假期，吃喝玩樂也有疲倦的時候，跑了超過十年的旅遊，一方面像橡皮筋疲乏般的沒有勁，一方面對沒去過的地方的邀約又充滿期待，這證明她還是有職業倫理的，要對旅遊點保持新鮮的觀察和好奇，如果一個撰稿的人對旅遊點失去熱情，那麼她如何感動讀者？雜誌社恐怕也把她驅逐出門了，在旅遊記者這行業，永遠不怕找不到適任的人。

她心裡也深深知道疲倦感的另一個原因：沒有答案，沒有著落。從她面試的第一天，她就對坐在辦公室最裡層的那人感到好奇。十幾年下來，他開會做決策，她都覺得他風采迷人。他喜歡穿白襯衫，散發清新斯文的書卷氣，其中又有世俗的精明。他是個商人，經營旅行社和旅遊雜誌，雙管齊下的推銷旅行文化和品味。他在旅行社和雜誌社間進出，社務細節大多交給總經理和總編輯，他離他們越遠，越有一種神祕性。她喜歡聽同事談論他，又覺那是個不真實的情感，但十幾年來，她仍然維持好奇感，仍然喜歡聽同事談論他。他們說他是個好男人，有一個賢淑的太太，他不要太太上班，太太也相當盡責的把家庭整理得井井有條，把兒子教育得乖巧懂事，還送出國念書；他無論多忙，一定回家和太太一起用餐；出國也大多帶著太太同行。聽起來是這樣標準的好先生，又是這麼穩定的兼顧兩種事業。當然了，他的事業能穩定，是他雇用了得力的員工。上班時能夠看到他，她總有穩定感，是否他看到他們這群認真的員工也有穩定感呢？

在雜誌工作的十幾年間，她前後交了兩任男友，但都維持不久，很快厭倦失去感覺。是因為他們沒有像他身上那種穩定的特質嗎？還是她太在乎他，以致無法專心和別的男友走下去。她感到自己有一種虛妄的執著，近乎傻氣的在等待一個不可能的眼光。那是沒有著落的情感之旅，催老了歲月。若不是對旅遊書寫還有熱情，為何還要陷在這虛妄中？越是要找答案，越是無解。

近兩年的旅程，同團採訪的多是年輕人，後浪來勢洶洶，她還應該跑幾年？不跑了之後要做什麼？公司有缺讓她轉任編輯嗎？或者改行？早幾年，她還不必想這個問題，每次出去新的地點只專注在觀看和拍照，充滿新鮮感，像一個新季節，對滿樹的果子充滿驚歎。明晚要啟程的北歐，去過一次了，這次去會有不同的收穫嗎？她應該找個時間問問阿飛，你跑到四十幾歲了，還沒疲倦嗎？

黃太太和黃先生的身影已不見了，她口袋裡有點零錢，她走到一家飲料店，買了珍奶，又去一家日式簡餐店買了鮭魚飯，今晚製造的垃圾還來得及明晚出國前扔掉。

提了便當回家，扭轉音響，輕音樂流盪而出，這是獨居的另一好處，無論聽著什麼樣的音樂都沒有人反對，不必怕妨礙別人而戴耳機。她把便當放在書桌上，打開電腦，隨意吃幾口，然後寫文稿，寫了幾行又吃幾口。她知道這習慣不好，但這樣令她輕鬆，沒有團體時間和規矩，能隨意的時候就加倍的揮霍。出團採訪，大家過著團體生活，坐同一部車，吃同一桌飯，同個時間，經常是陌生人，有些媒體會經常派不同的人出差，因此舊識有些，新人有些，團進團出的過幾天共同生活。他們的共同目的是報導，相處起來都很和睦。撰稿時是獨自的，啊，無論如何的吃喝玩樂度著美好的團體時光，終歸要獨自去解決工作的壓力，解決了工作壓力，才能解決生活壓力。所以面對寫文稿的壓力時，隨心所欲的吃和凌亂不講規則的環境才是紓壓的方式啊。明晚要出國，今晚務必將這篇上次旅遊回來的作業完成，傳給編輯後，才算完成了上個任務，明晚搭上飛機後，才能心頭沒有負擔的看支影片。而且她不願意在社裡留下交稿不良的紀錄，那會影響老闆對她的觀感，雖然老闆很少和他們直接接觸，可是畢竟是她欣賞的類型，無論如何要留給他好印象。

日子是這樣進行著。一滴水蒸發後，化為水氣升到空中，隨著氣流游走，凝結後又降為水。春來冬去。生老病死。重複的事情必須發生，循環是宇宙運行的基本原則。她要繼續遊走，工作循環的一部分。

到清晨醒來，她躺在床上，乍醒時不知身在何處，像每一趟旅程從不同的旅館醒來，很自然的知道那是異地，反而在台北時，常一覺醒來，以為是在旅途中的哪一個旅館。轉頭看到床頭銀色的小鬧鐘，確認是自己房間沒錯。昨晚不知何時走回房間上床，已沒記憶，一定是寫太晚，神智不清的摸上床。

今天還得進辦公室，和編輯確認要使用的照片。下班後回家拿了行李箱就得去機場。因此上班前，得把行李先整理好。現在起床，做個早餐，所剩的時間就不多。她趕緊下床，把床單拉平，被子摺得方方正正，她將離開這張床十天。梳洗過後，將兩片土司壓到小烤箱，咖啡粉倒到咖啡壺。便去衣櫃挑出要帶的衣服。衣櫃擺進所有春夏秋冬的衣服，以便隨時掏出去哪個國家的適當衣服。衣櫃夠寬，容得下她所有的家當，她一向也精簡，定期清除不合穿和長久不穿的衣服，保持一個搬家時不致造成負擔的容量。她也想過買個小公寓，遠一點沒關係，就不必老有被房東收回房子的流動人生的威脅，但房價一直漲，薪資也有限，頭期款湊不起來，除非住很遠，她還沒多餘的時間去看很遠的房子。那房子或許不存在。

要帶的先丟到新行李箱，咖啡和土司早就完成了，為防冷掉，她中斷工作，先吃為要，她不虧待自己的腸胃，報導吃喝玩樂的人，也是半個美食家了。在土司上塗外國帶回來的無花果果漿再淋上一點蜂蜜，咖啡是肯亞咖啡，酸中帶著濃郁果香的口感，這就是她的簡單但可以細品滋味的早餐。餐盤也很隨興，很多單只的杯盤，是國外採訪帶回來的紀念品，她的遊蹤，以杯盤註記。同事笑她，以後買一對，很快就有人一起用餐了。但她從不做未知的想像和投資。她的工作訓練她實地探訪，眼見為憑。

盥洗包化妝包是早就準備好的，這是為了出國的方便專用的，和平時使用的分開來，這樣每次出國就不必組織這些細細小小的瓶瓶罐罐，她只要把過期或用完的隨時扔棄和補充就可以了。就算少帶了衣服，當地也可以緊急補充，物質社會最方便就是購物，當然她不至於要因為自己的疏懶而做沒必要的消費，能帶齊的東西就帶齊。

把換洗衣物都放進璀璨紅的新行李箱，彷似新的出發，新的人生。最後放一件薄外套在隨身提袋裡，那裡頭除了護照還有相機，她的隨身夥伴，從來不吭一聲，忠心讓她握在手裡的倚重的伴侶。這些都整理妥當，放在門邊。傍晚她下班後，做最後的檢查就可去機場。

她提了平時上班的小背包出門，十點多進雜誌社是被默許的，她最主要的任務是交稿，沒出國行程時，也分擔一部分編務。她今天只需檢查圖片的合適性。她緩步去搭車，像個閒人一樣的觀看街上來往的車子，二十四小時後，她觀看的就是阿姆斯特丹的街景，現在就好好的觀看自己所居城市的街景，及街上的聲音吧。商家騎樓下已有攤販出來擺貨，她在一個專賣包包的攤子停下來。各式大小，很便宜的包包，路過去市場的主婦也許會買一個當孩子的便當袋或自己的購物袋，她看一看，什麼也沒買；到下一個攤位，賣梳子和牛角刮痧板的，她挑了一個刮痧板，原有的不知在哪裡搞丟了，需要補進一個，出國疲累時用得上。搭上車已快十一點，這時間讓她很滿意，保證下車時，那寵物店開了。哦，這時她才知道自己是故意拖時間，等到十一點寵物店開門。

下車過馬路，走進騎樓，寵物店確實開了，店員在擦玻璃窗，她趨近，馬爾濟斯的籠子裡又添了兩隻，原來那隻母的長大了些，另兩隻新添的活潑好動，在籠子裡玩耍。她怎知那是原來的母狗呢？三隻明明長得很像，眼鼻的黑色是美麗的等長比例。但她就是知道牠是同一隻母狗，牠懶洋洋仍趴著，也許睡著了，也許沒有，牠會抬一下眼皮，又昏昏的閉眼，牠不是病狗，只是慵懶的享受被豢養的感覺，牠完全不理會那兩隻玩耍的新室友，趴在角落蹺曲四肢，躺出一個很舒適放鬆的姿態。她匆匆轉身離開，她不能養狗，不能，馬上又要為工作出國，去一趟不確定遇上什麼風景的地方；她看一眼那些狗兒就夠了，心想等到有能力，會來抱一隻慵懶的狗，跟狗一起慵懶的享受家居生活。

再拐一個彎就到辦公室的大樓了，提袋的手機響起，她伸手摸，終於摸出來，媽打來的。

媽劈頭就問：「妳在哪裡？」

「上班的路上。」

「妳嫂說妳最近要出國，我以為妳出去了。」

「還沒。晚上出去。出去前不是都會跟妳說嗎？」

媽媽靜默了一下，電話裡嘆口氣說：「其實妳都沒有回來，那跟出國有什麼不一樣？」

媽也許心裡很在意已經對她假裝脫臼了，還不回家看她。

她說：「會的，會回來，回國就回來看妳。」

她會給媽媽嫂嫂帶點東西。她把手機丟回提袋裡時，抬頭看了一下大樓門廳，兩座電梯，坐櫃檯的阿伯在打盹，牆上掛著各樓層公司的名字。她在這裡十幾年，阿伯換了幾個了，牆上的公司牌子也換過幾個。電梯仍是老舊的，有時發生故障，把人困在裡面。現在電梯來了，它仍在升降，似乎是好的。

門廳走進了一個身影，和她一起跨進電梯，這身影她太熟悉了，他的白襯衫那麼顯眼，把電梯空間都放大了。她抬頭看他，先露出微笑跟他招呼，他兩手插在口袋裡問她：「今天有去歐洲的出差行程，是嗎？」

「是啊。」在這密閉空間，她好像聽到自己心跳的回音。

「要出差還進辦公室。謝謝啊。希望這趟出去一切順利。」他是老闆由上對下的口吻，講著標準的官話。但他看著她，眼神沒有離開她的臉，那眼神好像還想跟她說點什麼。但電梯到了。噹的一聲。他讓她先走出去。

她回頭跟他說：「我跑十幾年，一直都很順利，也有按時交稿喔！」

她希望引起這位四十幾歲男人的注意，起碼知道她是個好員工。

她快步走回座位，那白襯衫的身影好像還包圍著她，讓她看不清周圍已來了哪些同事。那眼神到底想說什麼，她不該走那麼快回座位，應該聽聽他想說什麼。她一邊打開電腦，餘光看到他走過辦公桌間的通道往後面的辦公室去。

不過是想問問她有沒有按時交稿吧，那可能是老闆唯一關心的，所以她在電梯口講了都有按時交稿的話，他就不再追問什麼了。

不過是某個家庭主婦的先生。她對著電腦痴笑起來，現在她得從照片檔案挑出照片給編輯，選定照片後再確認圖說。一切核對無誤後，她就可以放心下班，準備另一趟旅程。她得做著自己還感興味的事，過去十幾年怎麼做，現在就這樣做下去。這也是慵懶的另一種姿勢。

然後，她的分機響起。他在電話中，很平穩的聲音說：「有沒有空來一下我的辦公室？」

那隻母馬爾濟斯是否換了另一個角度，繼續慵懶的趴臥呢？今天無論如何得準時下班才趕得上飛機。老闆要交代我什麼嗎？在走向後面辦公室的如霧白般有著窗外陽光反射的通道時，她這麼想。

山徑

從山下搭車上來，車子停靠在山的中段，這裡下車，有一個小村落，附近是茶園，公路一邊是一排房舍，另一邊是緩降山坡，一階一階的茶樹沿坡種植，其間有些椰樹和灌木叢，綠意的盡頭，即是山下群樓和道路，在眼前看來眇小，上頭浮著一層黃濁的煙塵。

房舍頂多兩層，間雜平房，店面型的房子大門都開著，也許是省電的關係，室內不開燈，門口有婦女圍著圓桌挑揀茶葉。她依據地址，找了一家小雜貨店問方向，這雜貨店也沒開燈，冷飲櫃倒有壓縮機運轉的低沉得像蟲鳴般的聲音，在幽暗中格外清晰。老闆跟她指了一個方向，從前方那塊大岩石旁邊的小徑走到一個岔路往右，再走約十分鐘就可看到她要找的房子。

她依指示走。先往前繼續走到黃白紋相間的大岩石，果然有一個小小的路標，指示通往草埔路。可能過去是一片芒草區，就叫了這地名。彎上這條上坡的路，兩旁大小樹木雜生，大樹的枝葉伸到路上遮去天日，雜草葉端也竄到路上，這條鋪過瀝青卻有了不少坑洞的路似乎很老舊了，沒有翻新過，容得下兩部機車交錯，汽車是無法上來的。村落裡這樣的路依地圖上的標示，應有三條，路上有房子分布，她找的這條是最早開發的一條，也可說是最原始的，所以路窄，房子的分布最少。很遠才有一支電線桿，上面有編號，一支一支數下去，可知道路還沒有到盡頭，會在某處和某條路接通，或者到盡頭時，應該也有一支電線杆，那麼在這路上，起碼夜晚是有燈的，山上人家需上下山時，不至於摸黑。

出門前，丈夫問她：「一定要去嗎？那麼陌生的山上村落，妳有把握？」

丈夫正準備上班，他的白襯衫像晴朗天氣下的太陽那麼白，她把他的每一件衣服褲子都燙得筆挺，他打領帶，為上午的會議修飾儀容。領帶盤繞過脖子，他的手很俐落的繼續翻繞領帶，她在餐桌這端研究攤開的地圖。

「客運車可以到的地方，沒什麼好擔心的。那邊並不是毫無人煙。客運站旁也有商店。地址很明確。拜訪完就回來了，沒什麼好擔心的。」她這樣回答丈夫，並沒有抬頭看他。

丈夫去書房拿公事包，她瞄了一眼時鐘，八點半了，丈夫出去上班後，她得洗衣服，把家稍微整理過再出門，去山上的客運車兩小時才一班，她不能錯過早上的班次。她先把兩人用過的早餐餐盤收到水槽。這時丈夫走出來，拎著公事包，站在她身後說：「那麼妳小心一點，到了那裡最好跟我打個電話。」

「嗯。」她回答，低頭洗餐盤，水流聲一下蓋過了丈夫的聲音，他開門出去了又說了什麼，她沒聽清楚，只聽到門鎖扣上的聲音。室內便完全靜下來。她加快洗好餐盤，放到洗碗機濾乾。抹淨了流理檯和水槽，廚房的工作才算了結。

將衣服放到洗衣機時，她試圖回想丈夫出門時到底說了什麼？也許是無關緊要的話，像是要她去氣候多變的山上不要忘記帶把傘和外套等等的吧，反正他是知道她今天要上山拜訪一位獨居老人。他一直納悶她為何要加入社工工作，她說，只是想出去透透氣，做點事。她說得輕描淡寫，好像只不過出去走走而已。

一年前兒子去美國念中學後，她的日子有點太空了。十六歲的兒子很獨立，不需要她去美國陪伴，丈夫也認為沒那個必要。她和丈夫結婚後，沒上過一天班。那時年輕，離開校園就結婚，丈夫大五歲，長輩介紹，她像押注般把自己的人生先投注到婚姻裡，丈夫做事穩紮穩打，開了一家旅行社，賺了點錢後，又和朋友合辦了一本旅遊雜誌，透過雜誌，也介紹自家的旅遊產品，他常常很忙。他要求她只要全心照顧家裡。

「這個投注好像買了一支績優股，每年有配股配息。」她的大學朋友，目前唯一聯絡的幸蓉這樣對她說。那麼她的押注算是贏了？其實她也不知道當初為何就做了那樣的決定，她更不懂條件優越的丈夫那時為何選了她？他們從來沒談過這事。日子流水般的過著。她抱著兒子時，常常出神的望著探進家裡的陽光，家裡安靜的只有母與子，哄著笑著哭著，都像兩人各自的獨白。但那時真忙啊，做不完的洗滌的事，手常都是濕答答的，一天不知在擦手巾上抹擦了幾次手。照顧兒子到青少年，兒子長得比自己高了，她在他們父子間，自己像在谷底了，永遠得抬頭看他們。

幸蓉讚美她有個從容有餘裕的人生，但幸蓉不羨慕她，幸蓉是個踏實的職業婦女，擁有自己的經濟能力，要什麼東西全靠自己賺來的錢滿足，但也不過度消費，假日還為慈善機構做義工。幸蓉引介她到這個慈善機構服務，幸蓉說：「找個事做，幫幫別人，利他又可以打發時間。」當時丈夫並不同意，他習慣隨時回家都看得到她。她因此有兩個月像患了失語症，不太能跟丈夫交談。丈夫轉念一想，認為不必為事業忙碌的她加入慈善機構的義工服務，也算回饋社會，畢竟他們的事業是靠著社會大眾的消費才得以生存的，因此妥協說：「或許妳去和一些人接觸對妳有好處。」丈夫從來沒想過，她也許可到他的事業做點事。丈夫既不提，她也沒意願主動，畢竟一輩子沒上過班，萬一在公司裡犯了錯，丈夫面子怎掛得住。

到山上已是十一點多，陽光移到正中，因是春天，氣候舒爽，一件白色的薄外套剛好符合山上的清涼，那些在店家門口篩揀茶葉的婦女們有的還穿無袖背心，可見她習慣山下略高的溫度，到山上顯得嬌弱。但一件薄外套讓她有安全感，可以阻隔少見的山上陽光，和太眩目的一片綠意，以及不期然飛到眼前的蟲蚊。

在春陽下走著小徑，沒有遇到任何摩托車，避開伸出枝椏的小灌木，上坡的路走得發喘，走了十來分鐘，看到了前路的分岔點，那裡有一棵槭樹，細密的枝椏和葉子，剛好伸向了左右兩側。她轉彎向右，路越狹窄，兩旁槭樹成林圍出濃蔭，她走在蔭下，潮濕的泥味迎來，感覺好像要鑽入叢林。至少有五種不同的鳥鳴聲在樹林間交響，樹枝上有鳥巢，一窩窩的分布在不同的樹上，她踩過落葉，擔心過響的腳步聲驚擾了樹上的小鳥。

先看到三戶低矮的磚瓦房舍錯落在一處岩盤，再往前走過一段密林區，下坡處有一戶獨立的房舍，也是蓋在岩盤上，泥路走進去，房舍旁有亂石小徑可通向下坡。房舍是傳統的泥磚屋，外牆水泥塗得不均勻，反有一種樸拙的趣味，灰黑的屋瓦下有把長凳和管線外露的自來水龍頭，水龍頭左下方放了一只水罈，旁邊一塊當椅子用的岩石。屋前是塊小庭院，掛了曬衣桿，上頭晾曬幾件衣服。四周小岩石間花草茂盛的開著。

屋門邊沒有門牌，只寫了「山中居」，正是她要找的房舍。看見那幾件晾曬的衣服，她很篤定一定可以找到人。

她走到門邊，沒有電鈴，提手敲了三下門扉，一邊喊著：「桂枝女士在嗎？桂枝女士。」

屋裡沒有回音，倒是通往下坡的土徑走來了一位女士。她左手提了一只竹籃，裡面裝滿剛採下還帶著泥土的春筍，右手拿身如下弦月的鐮刀。從小徑上來時問她：「小姐有什麼事？我是桂枝。」

她四十歲了，被稱小姐算是一種社會禮儀，對方可能找不到更好的詞稱她。

但她無法稱已經六十八歲的桂枝小姐，便叫她姊姊。「桂枝姊，我是社工人員，來拜訪妳。給妳送來一些用品和乾糧。」她提示手上拿的提袋，提袋裡還有機構要給予桂枝的月金。

桂枝將提籃裡的竹筍放到水龍頭底下，人坐在旁邊的岩塊，扭開水龍頭一邊清洗一邊說：「你們總是很客氣，按時帶東西來訪視，若不嫌棄，我剛採的竹筍，妳帶一些回去。」

她也找一塊石塊坐下來，看著桂枝洗刷竹筍上的泥土。一邊拿出提袋裡的訪視表格，打算照上面的問題一一填寫。桂枝回頭看她，說：「上次來的不是妳。我沒看過妳。」

「是，我新來的。協會派我來拜訪妳。」

「之前那位呢？過去兩年都是她來。」

「她調到另一區。」她說。

「喔，」桂枝很快洗淨筍身，拿掛在牆上釘子的乾抹布替一枝枝筍身擦乾水分，說，「只要人是健康的就好，兩年內常來，都變好朋友了。妳看來不像社工人員，像辦公室吹冷氣的。」

應該也不像吧，她沒有上過一天班。她看訪視表格上，都是例行的題目。目前仍獨居？最近有否親友來探訪？三餐如何處理？都吃哪些東西？最近兩個月有沒有生病？若有，有否就醫？如何就醫？有沒有其他單位的社工人員拜訪？有沒有接受其他單位的生活補助？等等。過去的紀錄，桂枝的生活自理能力都良好。陳桂枝，六十八歲，八年前失去家庭，來到山上找到這間空屋住下來，沒有工作，沒有收入，由於戶籍資料查有家人，家人擁有房產，所以不符合政府低收入戶補助標準，但她獨居無業、無謀生技能，當地里長告知民間慈善機構後，由慈善機構定期訪視和補助生活。

「妳也不像無謀生能力的人，妳的談吐看來受過不錯的教育。」她說，盯著桂枝眉眼瞧，那裡有一種清朗的、坦蕩的氣質。

「難道貴機構要取消補助？」桂枝將竹筍攤在簷蔭下的長凳，正式邀請她一起坐到長凳，以防日曬。

她們並坐在一起了，桂枝看到她的訪視表格，自動按每一個問題回答她，讓她可以做紀錄。

「如果沒有任何收入，在山的附近種菜和採野蔬是餓不死的，沒有米的話也有地瓜可挖來吃。冬天我還有一床棉被，這屋子住了八年，一直沒人來趕，這可能是我幸運的地方……」桂枝滾動凳上的竹筍，可能希望她快做完紀錄回去，她好準備自己的午餐。她打斷桂枝的話：「妳為何要獨居在這裡，妳如果願意，應該找得到工作……」桂枝也打斷她：「貴單位如果不再補助，派妳來的目的是說動我回山下生活的話，那請下山喔，我暫時還可以生存，妳看今天採的竹筍很漂亮，下面還很多。」桂枝指指小徑接連的下坡處，那裡的林深處看來有許多叢竹子。

她倒想去看看下坡處，問說：「我可以去看看下面有什麼嗎？」

桂枝引路，桂枝穿長袖長褲，頭上戴了一頂軟帽，顏色已經洗白了，原來的赭黃色在陽光照耀下，閃成白色。桂枝入屋拿出另一頂也洗白了的軟帽，說：「妳戴上吧，光穿長袖是不夠的，在山上走動戴頂帽子不只防曬，也防蟲的攻擊。」

往下坡的小徑平緩，軟泥與碎石鋪徑，兩旁樹木圍成濃蔭，四周感到潮濕而清涼，枝葉漫伸到路徑來，腐爛的枯葉上疊著枯葉，新掉落的綠葉像植物折翼，踩著這些翼翅往下，別有一片洞天。在一個平台處，有一畦小菜園，旁邊有桂樹桃樹，山壁一處小山坳裡有水泉，再往下走，竹林一叢叢，應是採筍處，竹叢間似有別徑，隱沒在濃綠中。

「再走下去是哪裡？」

「一片深林。路都是走出來的，走到沒人跡的地方就不會有路了。」

「這是妳開闢出來的嗎？」她指著那片菜園。

「既然多了片平台，就利用它。這裡平時不會有人來，好像我的後花園。我想是前屋主闢出來的路徑，但不知為何他或他們不回來住，房子空在那裡。」

「有去戶政所查嗎？」

「還查？要我被驅逐嗎？」桂枝的雙眼從帽簷下抬起來，直視著她，「其實里長早查過了，這裡根本沒戶口，這房子是違建，妳沒發現連門牌都沒有嗎？這附近違建戶不只這一戶，因是人口很少的山上，就沒被拆除，會不會有拆除的一天我不知道，等那天來臨再說吧。」

「那意思是說，可能這山區還有像這樣的空屋？」

「不知道，山很大，這頭沒有的話，也許那頭有。」桂枝隨便比了幾個方向。她們不禁莞爾一笑。桂枝跟她說那山泉水可飲，她便俯身仰掌掬水而飲。飲了幾口清涼，原該飢餓的腸胃感到舒爽，竟然不覺已過了午餐時刻。

桂枝隨手往菜園拔了一把番薯葉，她們回到屋前，桂枝先拿來香蕉充飢，說：「如果妳可以等，我把這把菜和那幾支筍煮滾，就可以當中餐吃。」

她並不急著下山。她說好。跟著桂枝來到廚房。屋子裡左邊的幽暗小房。一個簡陋的單口瓦斯爐，一個漆色斑駁的瓦斯桶立在一旁。

「如果沒有生活補助，就叫不起瓦斯，得回到生柴的生活。」桂枝說，一邊將放了水的鍋子放到爐子上去燒，然後剝掉筍的粗殼，她則幫忙折取番薯葉的嫩葉。

「我不是上來取消妳的補助的。只是上來陪妳聊聊，這樣而已。」

她看桂枝的所有勞動動作都很順暢，山上的空氣和水涵養了一個輕巧的身體，讓她六十八歲看來動作並無老態。

就在滾水煮筍的時間裡，桂枝講起了自己的故事：

「八年前，我想離開家到山上過一個人的清靜生活，可是我沒有宗教信仰，不能為了到山上而到廟裡出家或寄宿修行，我幾次來到這山上，有人跟我說這屋子沒人住，我探訪了幾次，終於有一天帶著簡單的行李就在這裡住下來了。我沒有告訴任何家人，要說我逃家也可以，在家時我在職場工作，長久和先生並不和睦，投注太多時間在工作上，使得孩子也不諒解我。等到兩個女兒都結婚嫁出去後，我便計畫著一個人的生活，我先生是不願離婚的，他一生愛面子，在親友面前粉飾我們的家庭，其實我們在家常常意見不合。嫁出去的女兒很少回來，誰想回父母常吵架的家呢？所以那天我有預謀的走出來後，就是放逐了自己。我不想再去哪裡工作，我的一生已奉獻太多精力在工作，晚上常加班，孩子找不到媽，回家又遭先生白眼和成為發牢騷的出氣對象。我來到山上做自己，放棄世間的一切，來聽自然的聲音。如果在自然中回歸自然，我是相當樂意的，人生最後殊途同歸，在最後的歲月可以選擇自己的生活方式，是不是也是對生命的一個許諾呢？雖然世俗的眼光看來，我是一個沒有生產力的人，又占據了別人的房子，但換著角度看，我只是廢屋利用，借用自然界裡一個不起眼的地方安頓自己，我沒有危害他人。至於像你們這樣好心的機構願意上來看看我，送來金錢和食物的補助，我衷心感謝，這是一種人道的溫情輸送，但如果我沒擁有這些照顧，我也會以舊人類的自然方式活得像個人。」

桂枝算不算生活的勇者？她心裡納悶著。坐在只有一面小窗的幽暗廚房，看著桂枝熄火撈出葉菜和竹筍為兩人準備午餐的身影，那勞動的暗影好像一個巨大的山谷迴音在複述一種力量——人在自然中求生存是最原始的本能。

她一定眉頭深鎖的被一縷光引到庭院來，她有意識時，已經坐在長凳上吃起美味的竹筍。桂枝何時端出葉菜和竹筍她渾然不知，但深深記得廚房裡桂枝講的那席話。陽光已經偏移向西，拉出岩石與花草的影子，樹影也斑斑駁駁的落在庭院上，在地上拓印成另一座山水，山水上有螞蟻和蜈蚣爬行。

這幅地上複製的山景是平面的，沒有起伏，只有不等長的影子。記憶也會是平面的嗎？凡已成記憶的時間都已經打破線性並重疊了，不必再循著事情發生的先後等待結果，她可以隨意進出不同時間點，叫喚景情與人物。山如果變成平面的，那麼二十年前那件事就不會發生了吧。他去爬的那座山一定比她現在來的這座高峻，立體的多角度由突出的岩層疊成了一座人力無法抗衡的山岳，他跌落的那個地方是否有塊岩層讓他好好躺下來呢？她第一次去他宿舍，就注定了兩人的宿命嗎？那次本來只是寢室聯誼，一群人擠著又吃又喝，後來她到他房裡看木器收集品，就聊了起來，聊到天亮。過幾天又去聊天，聊他在登山社的征山功績，一聊又是天亮。兩個相通的氣息忘了時間的存在。他和登山社要再征服另一座山的前一晚，他來了她宿舍跟她說再見，他輕輕的擁著她，說回來了就要帶她去海邊玩水。那時她懼高，沒足夠的體力加入登山社，他從不試圖說服她加入。但他說了要帶她去看海。她捨不得結束夜談，在天色微明中，看著他的身影走過樓下剛甦醒的路徑，他抬頭向俯在陽台上的她說再見，大力揮手要她回房裡睡覺。那是他們青春的最後身影。他在山中沒有回來，搜救人員找了兩週沒有下落，登山隊的同伴說他滑下山崖，那裡石塊凌亂樹枝橫陳。如果山是個平面，他就不會摔痛了。她的青春也摔了，過早的，跟著他滑落在崎峻山岩密林雜枝間。或者他爬進了一個山洞，在那裡過著另一種生活。像她走入婚姻的洞穴，完好的遮護，暗是暗了點，但風雨的聲音阻絕了。他過的另一種生活是否也是阻絕了某種聲音，以致沒聽到她歷年來對他說了什麼？

她還盯著地上的樹影石影，桂枝突然起身去收晾在曬衣桿上的衣服，剩下一支空桿，橫將天空切成兩半，山上頭的天空浮晃兩片相連的烏雲，雲邊散開像墨暈染了宣紙。桂枝將衣服抱進屋裡，一邊說：「下午有時會下起雨，衣服乾了就要收起來。」

桂枝再出來時，她說她得走了，打擾太久，可以先幫忙收拾兩人吃過的碗筷。桂枝說她有的是時間做家裡的勞務，又去屋裡拿來一個塑膠袋，將竹筍放入，要她帶走，並催促她：「那就早點下山吧，客運也許要等一段時間，到山下可能傍晚了。」

「我有的也是時間啊！」她這樣說，並推回竹筍，「不要給我了，我吃夠多了，妳採的妳留著，我們社工人員不能從訪視者家裡帶走東西。這頂帽子也得還給妳。」她脫下軟帽，桂枝聽她這麼說，便沒有堅持，收過帽子，和那袋竹筍一起擱放在長凳上。

她往剛才來的方向走，走了幾步邁向有電線桿的小路，回頭跟桂枝揮手，桂枝已不在庭院，長凳上空空的沒有那袋竹筍和帽子，也沒聽到廚房洗滌的水聲，空的曬衣桿仍將天空切成兩半。幾隻蜜蜂在她身邊飛繞，她分不清是否有攻擊性的毒蜂，她放輕腳步，想像和牠們一樣有一對薄翅，在陽光下飛翔，陽光穿透翼翅，曬暖了背，即使沒有帽子遮擋可能的毒螫，她不感害怕，反而覺得與牠們是同伴。

提袋裡的手機響了起來，她知道是丈夫打來的，丈夫早上交代她到達山上後要打電話給他，但她忘了，這時丈夫應該是要確認她在哪裡。她繼續往前走，沒有理會手機。在家時，丈夫也是常打電話回來的，他要確認她在家。但她幾乎不打電話找他，在他的職場裡，有忙碌的事，有不同個性的同事，那些足以讓他一天很豐富。他想起她時打電話回來通常問她晚上準備什麼樣的晚餐，需不需要外食。她或許該感謝丈夫在忙碌的公務中還想起她，但她常希望丈夫不如忘了她，這樣她心裡不必惦記丈夫應該會打電話回來，她也可以在外面採購或無目的的行走，把時間忘記。

一對碩大的紅紋鳳蝶飛來眼前時，手機鈴聲停了。她往右山坡望去，數種不同的蝴蝶在野花叢間飛舞，有的飛來她眼前又飛到花枝上頭。曾經，丈夫帶她去某個國家的植物園，走到蝴蝶區，各種奇異的蝴蝶品種在花草間飛舞，蝴蝶區抬頭一看有好大的一片黑網像從天而降，罩住了整個區域的植物與蝴蝶，那黑網不止網住蝴蝶也網住了遊客，陽光從網子篩落，投影在賞蝶遊客身上臉上，大家都影影綽綽的紛碎著。他們按賞蝶路線進入黑網籠罩的空間，繞了一條曲折的路徑，經歷各品種蝴蝶的漫舞，才能來到出口脫離黑罩，然而小徑上也躺了蝶屍。她走在丈夫後面，無論去哪裡，她常走在他後面，無論爭辯什麼，他都理直氣壯，她無可辯駁。她無須建議任何路徑，丈夫會走在她前面，她只須跟著。在蝴蝶園這天，她在他後面踩著了他的影子，她小心翼翼放慢腳步，脫離他的影子。他走在前端，東張西望蝴蝶的身影，看他走遠了，她才放心注意到讓蝴蝶忙碌的那些花朵，夏天的花園，玫瑰、龍膽、千日紅、紫薇、桂花、鳳仙，千嬌百媚，朝有花開暮有花謝。

走在這條山徑，草是綠的花是美的，蝴蝶也自在，牠們可以漫飛過山野，不必擔心撞上網罩而折翼摔落，在大自然裡，牠們可以遠飛百里去尋找適合的環境。

如果此時從草葉間鑽出一條蛇她也不訝異，只要她不踩著牠，牠也會急著避開她，兩相無事。

山上那兩朵烏雲散失如嵐，陽光轉而強烈，因是春陽，並不灼人，山上氣溫又比平地低，身上的外套適好舒爽。耳邊有各種聲鳴，鳥類蟲類禽類、風的走速、葉脈的磨擦，交織出來的卻是寧靜感。他喜歡登山是為了聆聽這些寧靜的合鳴嗎？他一定也走過了無數條碎石與泥土腐葉混雜的山徑，在路旁的大石塊坐下來歇息，就地飲用清涼的山泉，沿路辨識花木種類。他曾說爬到很高的山上，他們搭輕便的帳篷過夜，山上煮水不易滾，煮粥要花很長的時間，燃料一半自帶一半就地撿乾枝，等待食物煮熟的過程，遠眺遠方的海和群山、平地，那種心曠神怡是激發屢次登山的動力。而此時她所處的山，和他所登的山相比，不過是個小山巒吧，但遠望也能看到平地和海平面，及附近山巒交錯的姿影，空氣裡有一種乾淨到把人由內到外淨化一遍的魔力。她知道他走的路徑是絕少人會到的地方，會有碎石滑落，枯樹橫躺，他們跨過去的每一步都帶著無與倫比的征服滿足，促使他們又一步步的往山巔攀爬。他跌在他的所愛，他永遠停留在所愛之中。

槭樹群已拋在身後，兩旁仍是濃蔭，最近時常下的春雨使林相翠綠，不同層次的綠意交錯，泥土飄散潮濕的腐味，山徑邊有小溝，溝上蜻蜓飛繞。她走著走著，感到腳下像被雲托起來了，非常輕盈，沒使什麼力就往前了。她看到那塊黃白紋相間的大岩石，立在小徑與客運公路交界處，儼然是這個山上村落的地標。她的手機響著。她往前走。

來到大岩石處，她掏出手機及地圖，手機上有一則丈夫的簡訊「妳在哪裡？」，她將地圖放在大岩石上，將手機關掉，壓在地圖上。她不需要地圖了，她已熟記了路線，而且地圖上只有路徑，沒有路徑上的風物，那些昆蟲、鳥鳴、屋舍都沒在地圖上。她手上只剩一只小提袋，裡面有錢包及一把傘。

走到公路上，往上坡走，她知道再高一點的山上還有路徑。桂枝說路都是走出來的，前面的某個山徑應該也有密林，人走進去就會有一條路通向哪裡。

沒什麼車子經過，靠山壁這邊的房舍逐漸變少，再走一段上坡，路上已看不到房子了，有一條彎曲的碎石路徑在山壁這邊，她走向那路徑，這裡必然有人走過了，不然不會有一條路蜿蜒到林深處。她循著曲徑往前走，低矮的芋葉分布小徑，腳走過去就撥開了它們。前面也有竹林，像桂枝那邊的小徑一樣，林下冒出筍尖，一地漫出無人理會，竹林的最深處有光，淡綠的天光擠進林中狹縫，那裡必然別有洞天。

她往那光走去，腳步很輕盈，完全不覺得疲累，誰在她腳上裝了輪子似的，她覺得自己是滑向林子的，她的呼吸感到舒暢無比，她忘記剛才怎麼來的，方才如何已輕如鴻毛毫不重要，在光的那頭也許也有一個空的房舍或洞穴，面對溪流與田畦，她得去看看，這麼大的山，不是這裡就是哪裡，存在一個可以與山容兩相融合又兩相忘記的地方。

長巷

他提著行李走上舊公寓，這棟坐落在老社區的老公寓，離大馬路還拐個彎，前頭有一整排新舊不齊的商業大樓遮掉了點公寓的陽光，一到午後便顯陰涼，陽台種著的綠色植物反而顯得濕潤。窄巷容得下一部單向的車子，靠大樓那邊時有貨車或私人車停放，機車也橫插在停置的汽車間，經過的車子得靠點技術，以防擦撞。

下計程車打開車門，使力猛了點，車門差點打到公寓的石子牆，他即時扶住門，將門扣回去，就真的只剩自己一個人和一只行李了。

公寓的階梯還算整潔，這裡的社區委員會想必有統一的清潔管理。將行李拉到三樓，掏出鑰匙，鑰匙已經沒有光澤，能在抽屜裡找到這把鑰匙已經很幸運，在澳洲的哥哥是不可能回來幫他開門的。

他想像公寓裡蜘蛛網會靜靜的結在某些角落，地上會有死蟑螂死蟲乾到變脆的屍身，牆邊結著蜘蛛絲，櫃子也許一打開就鬆脫掉下。打開門那剎那，他以為迎面會撲來一股空氣凝滯的腐味，卻是五彩繽紛，磁磚地板亮到會反光，反射著牆上畫作的色彩。牆上掛滿油畫，都沒有框，很隨興掛上去，抽象的人物身體或自然景物的大色塊表現，在空間裡顯得很喧鬧，這些色彩喧賓奪主取代了印象中冷調簡單的室內感覺。

他查看每個房間，三間臥室，牆上也有掛畫，一間書房，書架上的書有灰塵，層架上也有灰塵，臥室的衣櫃掛的是家人的舊衣服，一切是過去的樣子。他將行李拿到主臥室，又查看走道浴室，那裡有一些陌生的新擺上去的洗手乳毛巾等。來到廚房，水槽裡有水漬，櫥櫃有陌生的茶壺茶杯，一部新的簡便的咖啡機，三罐打開過的茶葉。很顯然這裡有人來過，要嘛畫家要嘛畫商要嘛蒐藏家。若是蒐藏家，畫擺在這裡做什麼呢？若是畫商，也該有自己的倉庫。那麼是畫家嗎？室內沒有畫架也沒任何一處油料痕跡，難道是哥哥的蒐藏品？是了，這才是真正的答案，五年前他離開這戶公寓時，由哥哥接手照顧，而哥哥有自己的家，用不到這戶父母留下來的老公寓，這戶房子的所有權屬他們兄弟倆，他不在的期間，哥哥當然可以使用。但他從來沒想過經商常到其他國家參加商品展覽推銷鞋品的哥哥喜歡畫。

他到後陽台確認洗衣機還能運轉，便將主臥室的床單被套枕套放入清洗。由於班機到桃園機場的時間是凌晨，他回到公寓來，一天才剛要開始，台北城市已是上班時間，車輛密集了起來，汽車行駛的聲音從四面八方傳來。他查看通電的冰箱，裡面除了兩瓶礦泉水外，空無一物。他必須開始自己的生活，得先把冰箱填滿。趁洗衣機運轉時，他下樓來。在前頭的商業大樓樓下找到一家西式早餐店，在臨窗的位置，從這裡看出去，穿街而過的行人，奔馳的汽車，打騎樓走過的人都一覽無遺。以前他就習慣這些景致了，但去了美國五年，習慣了小城市的安靜乏味後，這些人車行色匆匆的景象竟成了鄉愁。

侍者替他送來培根炒蛋和咖啡，也許他是個頑固的人，每天早上都吃一樣的東西，即便回到自己的家鄉，仍吃著二十幾個小時前，在美國家裡一樣的早餐。那天他是吃了這些食物，就開始打點行李，近中午到飛機場，他得到西岸轉機。琳達說不必回來了。現在離那個家已經很遙遠，一樣的早晨，陽光投射下來的亮光卻極不相同。琳達不會讓他再回去。他那裡沒家了，幸好他還有這棟公寓可以棲身，命運並沒有絕了他。

桌上攤著前一個客人讀過的日報，他仔細讀頭題，翻過一頁又一頁，從今日開始，他是這社會的一份子，他得了解這裡發生了什麼事，哪位政治人物講了不得體的話，哪位商人做了什麼囂張行徑，哪位藝人又鬧了緋聞。他怕自己若對這個社會無知，會像個邊緣人般沒有重量，輕飄飄的不知道自己會浮在哪裡？飄落何方？是了，不就像現在，其實除了慢慢喝掉這杯咖啡後，得去超市買點食物塞進冰箱，冰箱填進食物才能有安置感。

他翻到求職欄，眼光匆匆掃過又急速合上報紙。離開早餐店，城市都甦醒了，公車引擎聲音很大，摩托車從慢車道鑽入快車道，又擦過小汽車邊拐入巷子。他的耳朵還不適應這混合各種引擎馬力的密集聲響，邊感到暈顫，邊來到超市，挑了幾樣蔬菜水果，一些冷凍肉，一包米，幾罐飲料，這可以打發好幾天的伙食了。

提了滿滿一袋食物，走上公寓，心裡盤算晾了被單後該出去辦支手機，這樣聯絡舊友就方便多了，他現在也需要無時無刻讓朋友找得到。

打開門，一名女子站在椅子上正在牆上取畫，彼此都嚇了一跳。長頭髮穿棉T牛仔褲的女子說：「我來拿畫，這是我掛上去的。抱歉，暫時借來掛。牛哥幾天前跟我說你會回來。我應該在你回來之前來將畫取走。」

「所以那些咖啡和茶葉是妳的？」

女子吐吐舌頭，跳下椅子，說：「你需要就留給你。我下午叫車來搬畫。」

「搬去哪？」

「不知道。」

兩個人呆站在那裡，好像連空氣都不會流動。

「那就不要搬了，擺在那裡。」他說。

女子沒有回應。兩手插腰站著不動。

「怕我破壞了畫嗎？不會的，我不會動它們。」他說。

他將提袋提到冰箱前，將食物一一放入，女子來看他買了什麼。

「妳冰箱插電，卻不放什麼食物。這會餓死人的。」

那女子笑出聲來，去廚房用電壺燒起一壺水。

「你是牛哥的弟弟，我怎麼稱呼你。」

「我朋友都叫我小牛。」

「長大了還很牛的意思嗎？」

「要這麼說也可以，從小給叫慣了，就好像永遠是頭小牛，也好像可以任性有牛脾氣，不管年紀多大了。」

「如果你喝茶我就給你泡點茶葉。」

壺上的水快沸了。他抽手給她遞過茶葉，說：「為了調時差，白天還是盡量清醒好。」他突然想起什麼，將已掏空食物的塑膠袋摺好放置在桌上，即快步打開後陽台落地門。洗衣機早已停擺，他掏出出門前放入而今已洗淨的床單床罩，夾入吊衣繩上的衣夾，幸好還有幾根衣夾，不知誰吊在那裡的，大概是這名女子吧。他把床單被套攤開掛上去，整片陽台便陰暗了。

回到客廳，茶也泡好了，他們坐在餐室的圓桌前，女子很熟練的替他斟了茶，兩人對著一只小壺兩個杯子，她更像這個家的主人。

「給個名字吧。」

「婷慧。熟的人叫我慧仔。」

「這些畫怎麼來的？」

「你不問我怎麼來的？這明明是你家。」

「一半我哥哥的，妳是我哥哥的朋友，他讓妳進來的。」

「廢話，不然我小偷呀？」

「當然我猜得大膽。不然妳也可能是我嫂嫂的朋友。」

婷慧笑著，她頭低下來時，右側的長髮就滑下來遮掉了半個眼睛的表情。她看起來三十出頭，年輕得皮膚可以溢出水來，對他這個年紀來說，皮膚水分的流失簡直是不可挽回的昨日。

「我不認識你嫂嫂喔！兩年前朋友介紹認識你哥哥，那時我正在找一個可以放畫的倉庫，他很慷慨把這間公寓借給我。讓我隨時可以把畫放進來。」

「沒有條件？」

「沒有。一文錢也不要。」

「他倒很放心。」

「我看起來就不是壞人。」

「妳也不想他也許居心叵測？」

「我想他只是想趁此有個人打掃這空間。」

「他甚至可以收妳租金。」

「我是個窮畫家，所以才需要一個免費的空間。」

慧仔講話的樣子極流暢自然，好像對誰都不認生，好像和人家都是從小就認識長大了依舊是朋友。哥哥大概被她這特質吸引，慷慨就借出空間。

「但妳也不是個很好的打掃人員，書房灰塵可多了。」

慧仔添茶，沒有說什麼，站起來打開冰箱拿了他剛才放進去的一包餅乾，打開來攤開在兩人之間，自己拿了一塊，將其他的推給他，好像他們很習慣分享食物。她吃掉那塊餅乾，啜了口茶，才說：「我沒有打算來打掃，我剛才說我是畫畫的，我沒打算將每個房間打掃得一塵不染，客廳廚房都可以用，桌上的水漬有擦、地上的灰塵有掃，杯子都有洗就好。」

他笑看她很隨意的模樣，說話也是隨意的，她補充說：「事實上臥室和書桌都是私人禁地，我沒權使用，我只借牆壁喔！」

「好吧，妳繼續借。不必因為我在這裡而搬動。」

「好，謝謝。有天我會將畫搬走，等畫有著落了我就會那麼做。」

婷慧站起來，抓起背包，掏出家裡鑰匙放到他面前。

「屋子有人住了，我就把鑰匙交給你，以後我來會先通知你。」她抄給他她的手機號碼。就說急著另一個約，下樓去了。聲音彷彿還在空間裡，人卻不見了。他拎起鑰匙，急步走到前陽台，頭往下探，慧仔從樓梯間出現，他往下喊：「嗨，慧仔。」

慧仔抬頭看他，他將鑰匙扔下樓，說：「留著吧，想來說一聲就好。」

他見慧仔彎下身子撿起鑰匙往巷外走，便回到客廳。滿牆的畫作安靜的張揚顏色，無論他走到哪裡，都被這些顏色包圍住。彷彿慧仔還在這室內走動。

他找到一條舊毛巾當抹布，擰濕了，來到書房，擦拭書櫃。這是他的領域，他把每一樣東西都擦乾淨，電話也擦了好幾次，後來才發現根本不通，大概沒繳費用停用了。相隔五年再回來，幸好房子沒長出壁癌來，可見婷慧應有照顧到房子的，起碼房子沒有霉味，每個房間都有除濕機，也是她要保護她的畫吧。

擦出了雪亮的書房，坐在這裡看書是舒服的事，這是回到這房裡的安慰，有一個熟悉的安適的感覺。他將隨身提包裡的文件抽出來放到抽屜，這樣連文件也找到家了。這些文件是他的各項證明，結婚證書、離婚證書、美國公民證書、美國存摺，天知道那存摺餘款已幾近零，他幾乎是孑然一身回到台灣的，是他被婚姻洗劫一空嗎？出機場時他恍惚的感到既回不了過去，未來也很茫然。晨光所照的他，像個光溜溜的人，得重新找到一件衣服，一個人生。

他在另一個夾在書櫃裡的隱密抽屜取出一個舊的郵局存摺和印章，在琳達要他滾回台灣，兩人簽字離婚後，他能想起的是這本存摺，裡頭還有一些錢，可以幫助他度過一個月，也許兩個月，如果他省著用的話。他是不會跟哥哥開口的，哥哥有家庭，他們已成年了，他經濟的窘境不該由哥哥來負責。他能有個地方住已經是極大的恩典。

和琳達離婚，以美國的法律來講，財產是對半分的，但他們只有負債的人生，車子是貸款的，房子是貸款的，他被美國公司炒魷魚兩年一直沒有找到工作，琳達受不了了，她在小學教書的薪水不夠支付貸款和兩個讀中學的兒子日益增加的開銷。他即便在家裡做晚飯給一家人吃，琳達都覺得他是個對家庭經濟沒有貢獻的多餘的人。但事實也許不是這樣，應該不是這樣。琳達有新的愛人了，那才是答案。他在後院的樹影間，視線穿過後陽台的門廊，穿過客廳，落在打開的大門上，一位男人將琳達送了回來，兩人親嘴後，那男人才放下摟著琳達肩膀的手，轉身離去，而他也轉身躲到樹下與矮叢邊，蹲下來假裝拔除雜草，十幾分鐘後，琳達才若無其事的站在後陽台喊他，是否該去超市買半打可樂，減價只到當天。琳達在差遣他離開，她總是以支使他出門購買日常用品，換取她在家可以像單身女郎般自由自在。

坐在擦得煥然一新的書房，他感到自己窩囊極了。如果過去可以像灰塵擦掉就好，但那灰塵是會飄到心的角落，怎麼拭也拭不完全的，好像一片玻璃窗戶，上頭一塊黑漬影子般怎麼也拂不掉，透過玻璃看外頭，就有那塊黑影干擾。他想起更老遠的黑影子，老到已經擦不掉才讓他悶著氣回到台灣來。與琳達結婚前後，他們有過快樂時光。

那時琳達來台灣學中文，晚上在補習班教兒童美語，他是碩士班研究生，讀的是傳播，在電視公司兼了一些影像製作的差，和琳達在校園活動認識，琳達常追問他製作節目的過程，兩人聊得起勁，頻繁接觸培養起感情，帶著琳達出席朋友的聚會，她白皮膚老美的輪廓，就是個發光體，人人對他們的異國感情感到新鮮，他們也沉迷在兩種語言和文化接觸的新鮮感。待他讀博士時，琳達就嫁給了他，他們在台灣生了兩個兒子，他在學校兼課，琳達仍在補習班教英文，兩個混血兒子活潑可愛，很容易成為焦點，那是婚後七年，他們的美好時光。待他博士畢業，在學校教了一年書，大兒子也六歲了，琳達說要回美國，她想家，也想讓兒子在美國讀書。他跟琳達搬回美國，勉強在一份中文報紙找到採訪僑民的工作，薪水差強人意，那職位根本不需一個有博士學位的人來做，便一邊騎驢找馬，想找學校的教職或電視傳播公司，但敗在口語英文不夠溜，台灣文憑在美國也用不上。

後來還是靠當地朋友的介紹，轉換到一個與教育研習相關的公司，專門做亞洲地區財經文化等相關課程的規畫，聘講師上課。這個工作讓他可以拿到一些經費美國台灣兩地跑，有時是會議，有時是資料蒐集，就是在這段時間，他每回到台灣，就住到這層公寓，直到五年前，他調派成蒐集日本的資料，往日本跑，無暇轉道回台灣，而哥哥總以為他隨時會回來，公寓空著沒出租。但兩年前，公司縮編他就被資遣了。前後在美國待了十年，婚姻的氣數走到盡頭，這是他始料未及的。

他至今相信，琳達只是氣頭上離婚，她會要他回去，兩個兒子，一個十六歲，一個十五歲，是需要父親的時候，琳達如何能兼起照顧兩個中學生的任務？琳達會要他回去的。他還需定期寄錢給兒子，難道不能回去看他們嗎？想到錢，他整個清醒過來。將存摺印章身分證等都塞進提包，他得開始自己的台灣生活，他得逐步建立起自己的經濟能力，才能很驕傲的重新站在琳達面前，讓她後悔當初的離婚實在太賭氣了。

來到郵局，人群沒有想像中擁擠，櫃檯人員的辦事態度和服務都和氣，這位看著他的提款單的小姐說：「先生，你要提小額的話，可以在提款機操作就好。」他說他沒有提款卡，小姐便拿了幾張申請表格要他填寫，說過幾日可以來拿提款卡。問題是他得想辦法增加存款，提款卡才有意義。

他到電信局申辦了最便宜的手機，又恢復了家用電話。拿著手機彷彿掌握了新人生，他在這城市有一個收發點可以加入成為人群的一員。這組新號碼就是他的身分。新碼半小時後可以開通，他找到一家賣麵食的小店，已經下午兩點，店裡零星兩個客人，他湊上去就三個，他叫了榨菜肉絲麵，這是他極想念的麵，在美國吃不到，越吃不到越想念，現在聞著榨菜絲鹹中透香的味道，便覺真正回到家鄉了。手機號碼所代表的新身分坐在這裡吃著從小愛吃的榨菜肉絲麵，他可以從這個位置發訊息給任何想聯絡的人，對方的來電或來訊將顯示他的號碼，他是一串號碼，這想起來很奇妙，他竟只期待吃過麵後，電話開通了，他可以在付帳離開店前，打通電話給昔日的好同學聯絡是否可以見面，以便決定走出店後該往哪裡走。他吃得特別慢，幾乎是一條一條麵條送進口，可恨獨自吃麵無聊天對象，一碗麵怎麼樣也吃不到半小時。那兩個客人都走了，老闆熄了爐火，中午的生意算是打烊，老闆將店裡後半間的燈關熄，他不能對著空碗發愣，把電池已有備用電的手機放進口袋裡，付了帳走出店，他漫無目的走著，感到有點頭暈，大概是時差困擾他。如果這時回去小憩，會不會就睡到晚上呢？他打算還是繼續走路，若能挺過這最頭昏的時刻，時差應該可以調得快。

每隔幾分鐘就把手機拿起來看是否有電信公司的訊號，走過了三個紅綠燈口了，仍沒有電信訊號，他不覺生氣是否電信公司人員為了業績胡亂謅了一個開通時間。他隨便按了幾個鍵，嘗試握著手機打電話的感覺，突然覺得自己急著等待開通是一件多麼徒勞的事情，因為他一個同學的電話也記不得，全都寫在手提袋裡的電話簿，而手提袋就放在家裡。

只好回家。在陽光逐漸偏斜的街道上，影子在他腳前拉長，旁邊匆忙走過的人們，也在追逐他們自己的影子，那麼他們都由西往東的方向走，影子走在他們自己前面，他一定是太閒了，才會注意到那影子，等一下轉個彎，影子就不在前面了。他真的轉了一個彎，影子往左後方移，然後他注意到手裡的手機有了訊號了。但有什麼用呢。他越走越快，彷彿後面有個強盜就要撲向他。

回到家裡，趕快翻出本子，過去的同學朋友，有的疏於聯絡，已經不好意思麻煩人家了，唯一可以幫上忙的只有在媒體界工作的阿同，碩士班時的同學，他結婚時還來當過伴郎。

他給阿同打電話。

阿同一向熱情豪邁，一聽說他回來定居，就說：「太好了，我們有伴了，以後可以常吃吃喝喝。」

「盡想這些，吃喝也要有本錢。我需要找工作，有沒有機會幫我介紹。很急。」

「琳達呢？孩子有沒有跟回來？」

「琳達不要我了，我們離婚了，她要我滾回台灣來。」

阿同似乎愣了一下，轉換了一個穩重的口氣說：「兄弟，晚上我來看你。工作我會幫你注意。」

這晚上，他和阿同就在一家熱鬧的台式熱炒店相聚，阿同也約了幾個過去的同學一起來，要找工作大家一起想辦法。大家問起，找什麼樣的工作好？沒多少地方需要博士呀。

他希望能回學院教書，出國前他本已在學院教課了，私立的也無妨，只要有口飯吃。阿同說：「現在博士多如過江之鯽，如果是進公立大學，校長做不了主，關卡很多，委員會要審，光靠關係可能有點為難。」大家七嘴八舌，「不怎樣的私立學校或許有機會，畢竟也有美國工作經驗了。」遞啤酒的年輕女服務生穿著合身制服，身材線條玲瓏，擺明美色勝於酒色，她們走動的姿態真媚惑人心，他不覺感到眼神往她們身上飄移，但他為何對年輕女孩動念起來，他應該擔心一旦工作沒著落就會斷炊，應該想著一個中年男人如何先能養活自己。

各式海鮮熱炒配啤酒再好不過，很久沒有吃過台灣式的熱炒料理，他吃著吃著心裡也沸騰了起來，相信這票同桌的朋友明天起就會替他找到理想的工作。

但是沒有，最積極的阿同奮鬥了幾天後，跟他說：「幫你問了一間私立學校，那校長是我好友，他都幫不上忙了，因為大權由董事長掌握，他不能輕舉妄動，表面上，系上有審查，院裡也有審查，沒有足夠的人脈打通關，也怕得罪董事長。而且主要是沒有缺，兼任的缺目前也沒有。」這些話像雷劈一樣讓他沮喪，但他不能把全部希望寄託在阿同身上。他已上人力網站投遞履歷，全部都投學術研究機構或學校，他不知道一名傳播博士可以去哪裡找工作，也可能是心底只想待在學院裡，所以往同一個方向求職。阿同跟他說：「媒體不需要一位博士來當總編輯。」那麼當顧問呢？事實上他並沒有太多實戰經驗，顧問得身經百戰，他那點美國中文媒體的經驗位階太低，不如台灣這邊長期在媒體打仗的人有心得。

這樣想來，自己感到十分尷尬，是不是琳達早看穿他的本事太有限，所以將他視為家裡的障礙物急欲搬離。現在想這些，似乎於事無補，他得找到工作，找到工作。他沿著街道穿行城市，有些店家會貼出招人啟示，大多是餐飲服務業，他不可能去做那些事，那些在大企業裡工作的穿著體面的銀行員和業務員的工作也不是他能勝任的。他一邊走路，一邊時時拿起手機收信，看有沒有哪家求職的單位通知他去應徵，卻只收到要他去購物的廣告信。於是他無所事事的注意到路面多麼不平整，騎樓高高低低的，非常不利於盲人的行走，商店櫥窗的擺設太淩亂喧譁，行人的衣著花稍多樣，讓人眼花撩亂。而日子一天天過去，他僅有的存款也越來越令他沒有安全感。

有天他站在房屋租售行的櫥窗前看房屋廣告，那上頭標示的售價，對售屋者來講是彷如天堂的誘人數字，對購屋者來講，可能是地獄般難熬的數字，如果他真的找不到工作，可賣掉房子，暫時拿到一筆錢，租屋住比較划算。只不過房子有一半是哥哥的，他不能讓哥哥知道他的窘境，哥哥也不允許賣掉父母留下來的房子。走著走著，他不覺看低自己了，為何一定要教書呢？當業務員賣高級汽車也不錯，但為何是高級汽車，賣平價汽車不行嗎？對毫無賣車經驗的他來講，車商還不一定要用他呢！這條街走下去，玻璃櫥窗光亮潔淨，他卻越來越黯淡。經過幾家服飾店、咖啡館，前頭這家的櫥窗讓他眼前亮了起來。這是家畫廊，玻璃窗內掛著兩幅花草圖，一幅是小花園，一幅是瓶中花卉，都鮮麗明亮，看了讓人心情瞬間轉好。他不假思索推門而入。

裡面寬敞，牆上掛滿畫，一旁的展示櫃上有圖畫複製的創意產品，茶杯、桌布、擺飾等。投射燈照在畫面上，畫作都璀璨得獨一無二。畫面的風格多種，他想起家中慧仔的畫，掛在這邊的話也毫不遜色。他仔細看每一幅畫的定價，都是平常人一個月薪水的好幾倍，畫作有這等行情，慧仔的畫也應該不相上下。他與迎面而來的經理打過招呼，這位姓張的經理跟他介紹最近的一面牆上的一幅船舶圖，說做生意的人喜歡船，最好這艘船是靠入大港口，那象徵賺大錢的意思，張經理問他做什麼行業，想找什麼樣的畫。他卻問：「如果手上有畫想賣，你們蒐購或者代賣嗎？」

張經理態度謹慎，以彷彿標準答案的說法回答：「我們可以蒐購，也可以代賣，代賣的話會收一個比例的金額。但主要要看畫，不是什麼畫都可以。」

他對慧仔的畫有信心，掛在他家牆上的和這裡的相比毫不遜色。原來慧仔有那麼高的身價。只要一幅，只要在這店裡賣掉一幅，足以支撐他好一陣子的生活。他跟張經理說：「我把畫拿來，或您來看看畫？」

「你先拍照過來我看看。」

張經理流露精明像，一副不要以不入流的畫作浪費他的時間的姿態，臉上充滿狐疑，下巴抬高了一些，令人生厭的勢利樣。但可能他臉上流露更多的貪婪，他腦中一直浮現家中牆上畫作的形象與色彩，想像著張經理可能標示的價錢。他跟經理說：「下次我會拍幾張過來，給您看看。」

待他拿了名片走出畫廊，迎面而來一襲風，詭異的帶著一股腥臭的味道，他望向騎樓與馬路間，溝蓋都蓋得密實，附近也沒有可能流出餿水的惡質餐廳，腥臭味哪裡來的呢？再繼續往前走，腥臭味漸淡，就要轉入家所在的巷口。他到巷口的自助餐買了便當，現在他發現自己一個人，買自助餐便當是最便宜省事的，可以吃到不同的菜色，又不必採買、洗滌、料理及收拾鍋盤碗碟等，百元內就打發了一餐。單身生活有簡化生活的樂趣，沒什麼不好，但仍要有工作才能活下去，工作還沒著落，目前倒不急了，原來他家就是一個藏金窟，他要把每一張畫都拍起來，給張經理看看價值，然後跟慧仔說，就賣一張吧，或者不必跟慧仔講，反正掛著也是掛著，少一張她哪數得出來。

他想到婷慧窈窕俐落的身影，像家人一樣的談話姿態，原來在他回來的第一天，上帝就安排好他的後路了，只要接近慧仔，接近她的畫，不就是一條通往財富的捷徑。那天慧仔怎會說如果她的畫有著落了就會來搬走畫？他不會讓她搬走的，先賣掉一張，她就會知道他可以為她的畫找到著落。

經濟的窘迫彷彿暫解了，他拎著便當一階一階爬到三樓的公寓。扭開門。

這是一個彷彿雪洞一樣的空間，牆上一片白，掛畫的釘子兀自突出，有的釘身與牆壁接觸的地方有掉漆或水泥缺塊，雪白的牆面硬是露出幾個殘缺的色塊。畫呢？畫哪裡去了，明明那些畫天天都掛在那裡的，怎麼瞬間不見了？那些釘子可以證明確實有畫掛在那裡。

他匆匆將便當放在桌面上，從書房抽屜找出慧仔的手機號碼。沒有回應，語音回答這是空號。

他又撥了一次，確認沒有撥錯。

仍是空號。

他走到前陽台，那天剛回來，慧仔從家中離開時，他從這裡丟下鑰匙給她，她彎下腰拾起鑰匙的身影纖細美麗。她存在過，慧仔確實存在，那些畫也存在，這不是一場幻覺。

他想打電話給大哥，問慧仔的下落。但電話拿起又放下。

那全是慧仔的畫呀。

暮色降臨，城市的上空逐步昏沉，馬路上的路燈先亮了起來，辦公大樓裡的燈白天常亮著，此時卻一一要偃息了，換上家宅內的燈光一一亮起。他站在陽台，感到涼意。他從冬天很長很冷的美國回來，這點涼意算什麼呢？可他心裡打起顫，兩手支著陽台欄杆才勉強撐著發顫的身體。巷子很長，樓牆邊的車子和盆景雜置，阻擋了公寓出入口的視線，拐往大馬路的通道也雜亂的停放汽車和機車，那裡似有路又似無路。他從來不知道老家所在的這條亂巷，長到幾乎看不到盡頭。

畫話

往東邊方向走，路很筆直。小卡車出巷子後就一直往東走，司機旁邊坐著婷慧，她的長髮垂在肩上，也是筆直的，剛燙直，無論盤起或放下，都不擔心毛燥，但無可否認她有一個美麗的頭型和烏黑的髮，無論燙捲或燙直都配得上她的臉型。

我的位置正好在貨艙靠門的底部，身上包裹著透明泡棉，可以透過駕駛與貨艙間的活動玻璃窗看見婷慧烏亮的披肩長髮，但聽不到他們的交談，婷慧的頭沒怎麼擺動，看起來不像說話的樣子，但她鐵定看著路的前面。這樣筆直走下去，不知會走到哪裡，我們的新歸處會是哪裡？

在上到這部小卡車前，我們停掛在一間老公寓裡，有的在客廳有的在臥室，還有一個小姊妹掛在廁所裡，她是一枝鮮黃的太陽花，和她身旁深深淺淺相互交疊的綠葉兄弟為廁所增添陽光的嬌豔感。我則是在客廳靠近落地門的牆上，陽光常打窗進來，照亮我的半邊臉。在那牆上，我待了兩年，而來到公寓之前，我在婷慧擁擠的畫室和其他兄弟姊妹擠挨得密不透風，婷慧的畫室是連著臥室的，只有一個中空櫃就隔開了臥室和畫室，那本該是小套房的客廳間，卻用來生產我們和安置我們，可想空間是多麼狹仄有限。她只好把我們安排站在靠牆的地上，一個緊貼一個。磁磚地板濕涼，雖然我們底下架了兩根木條隔開濕氣，可是婷慧仍怕我們發霉或黯然失色，把我們運送到公寓來，一一擦掉塵埃及濕氣，讓我們活靈活現在一個空間裡與空氣和陽光互為撫慰，而益發顯出我們身上應有的光鮮。我喜歡公寓裡寬敞的空間，陽光進來時，靜悄悄的帶來寧靜，它與牆面、傢俱折射出來的光彩回照到我身上，使我吸納那些色彩更光耀了自己。當然也有夜晚，一片漆黑中，馬路上的車聲翻過巷子傳來，清晰如綿長的慢板交響樂，將我沉沉拉入怡然的睡眠狀態。

兩年裡，客廳少有人來，通常都是婷慧來，她有時將其中一兩個兄弟姊妹帶走，過不久又會替換上其他的，或者，在牆上增掛幾位。只要看到她拿著榔頭和掛釘，我就知道有新成員要來了。餐廳某把有扶手的椅子就是她的工作椅，她會把椅子搬到要掛上新成員的牆面邊，爬上椅子，找好定點，拿準釘子和榔頭，往牆面敲，釘子下得深的話，往往掉下細碎的水泥塊，飛濺到地上擊出一個難得的聲響，但不會有人在意牆上因此露出了灰黑的水泥凹陷，兄弟來到牆上時，會把那些缺了水泥塊的牆面遮去。那也是我們的功能，修飾一片牆，可能美化它，也可能醜化它，但會遮掉它的真面目。

婷慧從不假手他人敲釘子，她自己把我們兄弟姊妹掛上去，即便我們其中有的面積很大，但因沒有裱背加框，很輕易可掛上牆面。兩年間，被送走的兄弟姊妹，有些也許已被收買，掛到別的場所，或者被借到哪裡去，說不定，是搬到另一個儲藏的空間。有時會有人來看我們，來的人有的親切的叫婷慧小名慧仔，他們站在我們前面瀏覽一番，過幾天，便有一兩個成員被拿走。也有人會站在我面前，問：「慧仔，能選這幅嗎？」婷慧總說：「不要，暫時不要。」所以我在牆上兩年了，位置沒更換過。

我每天注視陽光的位移，冬天偏南，夏天正東，冬天早晨六點多陽光才進來，夏天則五點多就迫不及待探進玻璃門。婷慧故意將遮陽簾拆除，剛來時，我聽到她跟叫牛哥的屋主說：「房子沒人住，最好有陽光進來，那簾子拆掉吧！」牛哥二話不說，第二天就請工人把遮陽簾拆掉。老實說，夏天時室內熱到爆悶，我們簡直要被悶出油來，後來婷慧打開所有氣窗，讓空氣流動，我們才稍稍可以忍受那熱，畢竟一過午，陽光就往公寓的另一邊移動了。但冬天，陽光透進玻璃門投射進來，擊退一夜嚴寒，十分舒爽。我在公寓度過的兩個冬天，體會了冬天的陽光是多麼的可愛溫暖。本來還期待第三個冬天，卻沒想到婷慧在這一天，將我們都帶離了公寓。

車子仍在路上顛簸著，我們不能期待路況太好，通常一條馬路新鋪後，蜜月期一過就開始坑坑疤疤的陷出幾個洞來，這是兩年前我進到公寓之前的經驗。有一段時間我老被送去不同的地方，短暫停留後，又坐車回到婷慧狹小的畫室。那時我仍然沒裝框，婷慧用泡棉裹了我後，就將我拎上計程車，若是新鋪的路我穩穩當當靠在車後座，若是陷了凹洞的路，婷慧得抓緊我，而我們一起在車內搖搖晃晃。當然，出自婷慧之手的我，論不上身價，若是大師的作品，鐵定已裝了框且請藝術公司精細包裝加封紙箱才送上車。她送我去學校教授那裡，教授講了一些好話，說是風格的轉變，可以嘗試這個新技術；她送我去她的女性朋友那裡，把我放在一旁，她們兩人邊喝啤酒邊聊起我，關於如何把我塑造出來等等。把我送不同朋友那裡時，塑造我的故事會有點不一樣，但我樂於聽不同的版本，那使我豐富而多了傳奇色彩。這個色彩是許多畫家想擁有，卻怎麼樣也難以調成的顏色。至於什麼色彩才算傳奇色彩，大概可算是一種自由心證，由心去判斷什麼是傳奇色彩。至少由婷慧所說的不同版本，我相信她為我調製了這特別的傳奇色彩。

第一個版本是這樣的。她對和她一起喝啤酒的朋友說：

「妳看這幅畫怎樣？感覺如何？我特地帶來給妳看，想分享。妳看得出這是幅什麼嗎？」

「不就是一幅抽象畫？」喝啤酒的朋友說。

「抽象就表示無形嗎？妳仔細看，是否能看到什麼？」

那朋友喝了兩口啤酒，似乎覺得婷慧有點煩。她們岔開去談別的事情，我靠在牆上，背微涼，我想是那啤酒上的泡沫讓我有這種感覺。

婷慧的朋友比較關注手上新買的手鍊造型，一直把玩和注視那手鍊，還說買那琥珀手鍊是如何辛苦與東歐某國的攤販殺價才搶買下來。婷慧將她的頭扭向我，強迫她注意我。她說：「我原來並不想畫這幅畫，是不小心把一枝沾滿黑色顏料的畫筆掉在這塊畫布上，筆刷畫過去，把畫布刷出一塊黑來，我就乾脆把顏色塗開，將另一枝畫筆沾的紅色也塗上去，原來那兩色是在畫一幅靜物的陰暗處的。兩個顏色隨便塗在畫布上後，看來很瀟灑，就把調色盤上的一些顏料也隨意塗上去，大色塊小色塊的亂塗，就成了這幅畫的原型，但我塗它的時候，心裡想著一個男人，畫面不斷上色後，就成了妳現在看到的這樣。我給美術教授看過，他說我觀念和技術突破了，從具象走到了抽象，而那抽象有感到有話要說，是的，裡面藏一個男人。」

「妳這樣一說，倒是，那黑色滿像一頭亂髮，下面黃色裡的兩點黑像是眼睛，但那些像光線一樣的細線，就很無法解釋了。顏色一層一層的，好像很深沉的什麼，但我說不出來。」

「就是要說不出來。」婷慧淺淺笑著，兩人乾掉一杯啤酒。好像這故事價值一杯啤酒。

而我的身世的第二個版本是這樣的。婷慧對同樣是畫家的朋友說：

「妳看得出這幅畫的底層是什麼嗎？」

畫家朋友摸摸放在她的畫架上的我，說：「油料上得很厚嘛，妳有做底層處理齁？加了增厚劑？還是錢太多油料盡量堆？」她的窮畫家朋友住的地方和婷慧的差不多狹小，地上靠牆也堆滿賣不掉的畫作。

「才不是，是為了省錢，把畫不好的畫布重新再畫一幅，這原來畫一個男人，光線怎麼畫都畫不出感覺，總把他畫沉了，心一橫，就刷上些顏料，隨便混色，效果卻出奇好，無論我從哪個角度看它，總覺畫面上色塊的底層有一對男人的眼睛注視著我。」

「哈哈哈，」她朋友嘲笑起來，「所以妳是把男人藏在畫裡？妳有寂寞到這種程度嗎？哈哈哈，我要找個風流買家看要不要讓我替他畫幅畫，把他愛的女人藏在畫裡，光明正大掛在家裡，可以一解相思又不會驚動到太太。」

第三個版本是這樣的。婷慧對曾在夜店和她一起打工的朋友這樣說：

「我離開夜店吧檯的打工後，短暫找了一個人體模特兒的工作，成為畫家及美術系學生繪畫的素材，但那工作也很短暫，因為我帶其中一個青年畫家回我的家鄉畫海，他整個暑假在家鄉海邊畫海，就在暑假快結束，打算離開海邊的前幾天，他跌到海裡去了，他的所有畫都留給了我，我也承接了他的畫技，天天畫畫，離開學校後，沒有工作，成為專業畫家。起先很困難，非美術科班出身的，誰會多看一眼呢，都是靠自身體會和請美術教授批評指教，才建立起一點自信。畫藝漸受肯定後，在畫廊可以零星賣掉幾幅畫。這幅就是畫掉到海裡的青年，是他把我推向一個專業畫家的路上，他過去畫了很多幅我，我也試圖畫他，怎麼畫都不滿意，最後畫到這幅沒有具體形象的他後，才發現畫出了真正的他，因為他本已在另一個空間，形象不再有意義，形體的記憶也會淡遠，只有去掉了具象，才能看到精神的存在。」

這三個版本就是她講述我的原型，無論哪一個版本我都喜歡。不論故事怎麼曲折，有一個共同點，就是我是個男人。不論具不具象，婷慧是在畫一個男人。就這一點，婷慧是誠實的，至於我有自我意識之前，我是怎麼形成的，我並不清楚，也許可以由婷慧那三個故事去拼湊。而我得講講我怎麼產生自我意識。

起先是一種混沌的感覺，像夢境一般飄飄浮浮，半夢半醒的，我感到有一種推力時而碰撞我，有時力道大一點，有時力道小一點。有時我好像睜開了眼睛，看到一些光影在眼前晃動，有時又好像閉上了眼睛，在黑暗中很輕的懸宕著，前頭有一道光，變換各種模模糊糊的色彩。最後有一道很強的力量點開我的眼睛，又輕柔的撫慰我的眼皮，在我的瞳孔上加上光彩，我的視線變得十分明亮。我看到坐在我面前的婷慧，挽起頭髮，幾絡髮絲垂在耳旁，布滿彩虹色彩的棉衫想必就是我時常感到的模糊色彩，這時在眼前很清晰，棉衫上的彩虹色彩也可能是她畫畫時，不小心把顏料沾上去的。婷慧不斷用畫筆撥動我的身體，我可以感到我的頭上有黑色的亂髮，好像被海風吹飛了，我感受到我是個男人，但我不知道為何我存在。在眼睛被點開，意識產生時，我只能看到眼前和往後發生的事，意識產生之前，四周發生了什麼事我一無所知。這也是為什麼我無法判斷關於我的三個版本的真偽，而將每個信以為真，並且感到我的產生是帶著豐富的色彩的。我可能是存在一個色彩底層的，也可能是色彩表層的。這使我對自己產生了興趣。

但在我產生意識後，可能也是苦難的開始。婷慧常坐在我面前發呆，有時她會動筆在我心臟的地方修改顏色，使我感到整個人扭曲變形，心裡一陣絞痛後，再甦醒過來時，感到自己內在篡進了一個老靈魂，身體便感顛顫失去平衡，意識昏昏渺渺，好像自己有兩個重疊的意識，但我知道我仍是個男人，兩個意識都強烈的感受到男性的存在。婷慧產生了我的一年內，不斷的修改我，我也就顛顛躓躓的忍受心痛與身體的不平衡，最終她不再理我了，帶我四處去朋友那裡展示後，把我放到地面和大家擠在一起，她的畫架上有新的作品正在產生。擠了幾個月，她把我們其中的大部分送進公寓，而我除了感受到內在男性的存在外，對心痛或身體的失衡早已麻木，而不再困擾了。這就是我的歷程。

公寓雖然舒適，但畢竟太安靜了。我們應該在人來人往的地方供觀看，或者在誰的家裡習慣家人的聲音，但我們只能觀看陽光與聆聽房外傳來的街聲。當公寓有人來時，我總特別有精神，一定會以最神采飛揚的面貌在牆上釋放油彩蘊含的魅惑力，以便吸引來客的眼光。

婷慧獨自來時，會打開公寓門窗，讓空氣對流，持撢子把我們拂拭乾淨，拿拖把拖地，到廚房泡茶，然後坐到餐廳的圓桌，展開茶具，邊喝茶邊欣賞我們。她在桌上攤開筆記本，時而低頭在筆記上寫什麼，好像記筆記才是她來的目的。大約一個多小時後，她關上門窗，收拾廚房，輕輕關上門離去。

她少數時候有看畫的朋友來。有一回，她帶了一個男人，那男人看著牆上的每一個我們，看到我時，我心中震顫不已，感到他就在我體內灼燒，我感到眼裡有淚流出，婷慧拿了一張面紙拭去我眼裡的淚，她說：「油彩應該乾很久了，怎會油亮油亮的？」當她發現面紙是濕的，她怪空氣濕氣太重，立刻開啟了冷氣。在窗型冷氣轟隆隆的運轉聲下，我聽到坐回桌邊的他們談論著一個新的計畫。

「為了畫室可以擺放新的畫作，我把這些送來這裡暫時掛著。」婷慧說。

「最好能辦個展覽賣出去。」男人說。

婷慧為他斟茶，扶著茶壺提手慢慢傾斜壺身，橙黃的茶汁流入杯中。婷慧不疾不徐的說：「有人來買幾幅的，不必大張旗鼓辦展。如果生活的基本需求過得去，我喜歡把畫留在身邊。」

「既然畫這麼多，散播出去才能達到藝術的目的。而且流通得廣，妳才能真正建立藝術家的名號！」男人說。

婷慧垂下眼瞼，說：「流通與賣出意義不同，賣出是即時的，流通可以是長遠的，有時需要一點時間，我還不到那種境界。現時只要畫得高興，還樂於畫畫就好。」那男人堅持：「無論如何，還是要為自己打知名度。我們不就要談論怎麼把妳的新作品公開。」

「有必要公開嗎？如果這新系列的畫作只是自我完成，何必公開呢？」婷慧好像很拘謹，或者說很率性，不考慮現實經濟的需要，如果她可以把我賣個好價錢，讓她可以有收入繼續維持畫畫專業，我也願意離開她歸屬到一個新的地方。

「藝術最終是公共財，妳有想法就代表人類的想法，意義是非凡的。」這個男人一直試圖在說動她，他的說法和我內心想法一致。為何他能看穿我的心聲？

「既然你這樣認為，為何在你兒子初學畫畫時，沒有一直在他身邊叮嚀他？而且他過世時，你甚至沒有帶走他的畫。」

「那時我因傷心而無心理會他留下來的畫，也相信妳會好好保管。因為他的逝去，及這些年來，我看到妳在畫一系列追尋自己的畫作，我才有了這一層體會，所以鼓勵妳要勇於把自己的畫作展示出來。」

「還差一些。不急。何必急。時間到了自然就公開。」

「那是妳給自己推拖之詞。訂下時限，妳就可以完成它們。」

婷慧站起來，走到落地門前望著外面，群樓在前方，蒼蒼灰灰的天空，如塵封城。她的聲音淡如清水：「我感到有一種很重的感情還沒辦法透過畫面完全表現，也許要到那種重的感覺出來，才算完成。」

男人走過來，站在她身後，雙手環抱著她的腰，頭輕靠在她的頭上，說話如一縷風吹拂著她的髮。他說：「不必太重，輕輕的划過，更勝於重。」

那男人摟著她的樣子，讓我灼熱，我一方面想藉門外侵入的帶著塵埃的熱風吹拂到他身上將他推開，一方面又感受到一股柔情在我身上，彷彿是我抱著婷慧。等我從這種恍惚的狀態恢復時，婷慧已在收拾桌面和廚房，杯壺的清洗聲在空寂的空間聽來好像廚房下了一場雨。

潮濕的空氣裡有溫暖的情愫。男人幫婷慧搬走了一幅畫，那是一艘古帆船，男人說：「這幅新系列的第一幅已是九年前畫的了。我們把它搬回去當一個提醒和催促的動力，等妳最後一幅畫出來，找到地方辦展，不管賣不賣錢，多年的心血累積，總要有個結果。」

我難以理解他們所說的始於一艘帆船的歷時九年的系列畫作是什麼，既是和婷慧的追尋自己有關，想必是生命故事之類的。那男人似乎很有耐心的鼓勵她，這使我對他有了好印象，而能容忍他對她過度親熱的擁抱，雖然他看來宛如她父親般的年紀，也許只是傳達了一位父輩對晚輩的疼愛，但我心裡有一種直覺，對那擁抱感到溫暖又痛心，我不知道是不是兩個意識出現衝突讓我有撕裂的感覺，而企圖從男人鼓勵的語言得到安慰。

這是我第一次看到男人幫她取下畫，婷慧幫忙扶住一邊，並凝視帆船，好像決心以帆船為刺激，盡快把系列完成。他們一起離開公寓，男人好像也帶走了我的心，我感到自己和他們一起走下樓梯，在暮色中融入一片混亂雜沓的街景。

再過了兩個月，有個提著行李的男人進來了。這是我第一次看到一個男人自己開門進來。我有點驚嚇，以為小偷要來把我們搬走，但看他那斯文長相，我的疑慮馬上打消，只能靜靜的觀察他為何走了進來。他探看每個房間，像要把公寓翻一遍，開冰箱查看裡頭的東西，拿起廚房櫃子的咖啡罐茶葉罐看期限，到後陽台洗床單被單，儼然公寓主人，磨了老半天後走了出去。沒多久，婷慧來到公寓，後陽台的洗衣機還在運轉，她去查看，知道房裡有人來過了，她慢慢的把地板拖過一遍，然後一一注視著我們，若有所思的在我們每一位的面前都停留許久。她爬上椅子正想拿下一個小兄弟時，那男人突然開門進來，手上拎著一袋超商的購物袋，裡頭塞滿東西。他們彼此嚇了一跳，互望了一眼後，展開對話。

「我來拿畫，這是我掛上去的。抱歉，暫時借來掛。牛哥幾天前跟我說你會回來。我應該在你回來之前來將畫取走。」

「所以那些咖啡和茶葉是妳的？」

婷慧吐吐舌頭，跳下椅子，說：「你需要就留給你。我下午叫車來搬畫。」

「搬去哪？」

「不知道。」

那男人對這答案愣了一下，就說：「那就不要搬了，擺在那裡。」

輪到婷慧反應不過來了。兩手插腰站著不動。

「怕我破壞了畫嗎？不會的，我不會動它們。」他說。

然後他們互相自我介紹，那男人是屋主人牛哥的弟弟，剛美國回來，打算長住的樣子，婷慧說明她是牛哥的朋友，牛哥人在澳洲，把房子借她放畫。這樣兩人算是也有了一層朋友關係。婷慧表明自己是窮畫家才需要一個免費的放畫空間，那男人承諾婷慧可繼續放畫，婷慧卻說等畫有著落了，她會來把畫搬走。婷慧離開前，將公寓鑰匙攤在桌上還他，想這屋子有主人了，她不能再隨意進出，她還抄了手機號碼給那男人，可是她抄錯了，某個2她寫快，成了3。她走下去後，男人到前陽台俯身看她，將鑰匙往下扔，很清脆的金屬落地聲傳上來，伴隨著男人放大的音量向下喊：「留著吧，想來說一聲就好。」

此後，男人完全是這屋子的主人，我們的空間熱鬧了起來，他常去廚房自己做東西吃，蔬果洗滌聲、杯盤碰觸聲、浴室的水流、開窗關窗、拉椅子、走動、衣服的拉鍊聲、洗衣機的運轉、老電視收訊常斷的老三台，還有一種使這空間澈底活過來的是講電話的聲音，男人常打電話找老同學，他在室內講電話，像一個人的獨白，激動、興奮、平緩，全像一幕獨幕劇般的上演。於是我知道他是個失婚，被老婆離了的男人，回到台灣自立更生，向老朋友打聽就業機會，也會約老朋友見面，重新建立彼此的友誼和找回對這城市的熟悉感。他講完電話後，有時坐在老舊的沙發上望著老舊的電視，坐姿變成躺姿，不多久就睡著。小憩後他就出門。

但不管他白天或晚上出門，到了晚上時，他總回來，家裡總有光亮，這是和以前很不一樣的。我們習慣太陽的作息了，日落後，城市的燈光亮起，我們的空間是跟著太陽一起隱沒在城市的光亮裡的。自從男人回來住後，我們的夜晚有日光燈照亮，延長了我們白天感受的意識，到真正熄燈時，外頭車聲已少，城市的喧鬧更弱，像個疲憊的巨人終於躺在幽暗的山腳歇息，我也比過去更容易疲累，常在第二天陽光進來時，忽略了它是何時進來的。

這樣的日子過了幾天，都沒見婷慧來，我擔心婷慧不來了，我想念她，她是我的製造者，她才是我的真正主人，我不希望這位每天為了工作講電話，進進出出公寓，而始終尚未有工作著落的男人動腦筋把我們其中的哪位兄弟姊妹送去賣掉，看他一副正人君子樣，應不至於如此，但願是我過慮了，全因實在不習慣這位男人主宰了公寓空間，我們真的成了牆上的飾品，可能還顯多餘。男人有時站在我們面前審視我們，似在估量我們的價值，我倒好奇他以哪種審美角度審視我們，他看得懂我嗎？

他有三次站在我面前，比站在客廳的其他兄弟姊妹面前的次數多，他盯視著我的色彩，似乎想判別色塊和線條的意義，他不會知道當他注視著畫面上的小黑點時，其實那是我的眼睛，也正在注視他。他大約四十歲，斯文有書卷氣，穩重的神色中又顯露疲憊的失落感，他一定為尚未有著落的如謎前程深深苦惱著。我恨不得能幫忙他，但我無能為力，我只不過是幅身世不明的畫作，是個男人，卻有不同出生版本，我也有我的謎團，想知道我是存在於色彩底層還是表面。

正在我滿心躊躇間，今早男人出門了，應該還為求職奔忙著。他剛出去半小時，門鈴響了，我在這裡兩年從來沒聽過門鈴，這還是第一次聽到，那尖銳的聲響很刺耳，不如早晨飛過對面人家陽台上覓食的小鳥叫聲。響了兩次得不到回應後，有人的腳步聲走上樓梯了，開鑰，門把轉動。半個女子的頭探進來，還喊了聲有人在嗎，確定沒回應才走進來。是婷慧！我想念了數日的婷慧來了，事實上聽到樓梯傳來的腳步聲時，我就感覺到應是婷慧了，我熟知她右腳踩得比較重的步伐聲，甚至對她的身影瞭如指掌，在某個時期，我似也拿著畫筆畫她，這印象從何而來，我說不清楚，也許在昏昏沉沉的夢中吧。

婷慧帶來了一位司機，和他一起把我們取下，婷慧先拭去我們身上的灰塵，再一個個捲上透明泡棉，並以膠帶固定泡棉，防止我們滑落，以保護我們的色彩及避免刮傷。這包裝的過程花了不少時間，然後我們被搬上小卡車，也就是目前我所坐的這部，在路上隨著坑坑疤疤的路面搖晃。婷慧實現了她對公寓新主人的承諾，為我們找到落腳點，不動聲色的把我們帶走。那麼表示我們有了新的歸處了，往東走到底要去哪裡？那是太陽出來的方向，也是因為太陽方位的移動，我才發現我們正往東走。

經過了幾個紅綠燈，哪個路段平直哪個路段坑洞多，我們都了然於心，頭昏腦脹之際，突然車子停了下來，我以為又是一個紅燈。車子卻轉了一個彎後又做了一個轉向倒退的動作，然後熄火。車子終於平穩下來。卡車司機打開我們的廂門，我一眼望見外頭是個工廠，橫額上寫著藝框裱裝，上頭還有一支造型很古典的線板框樣。原來這是我們一路往東的目的！我們將被裱裝，穿上相得益彰的衣服，展示在某個空間。我們既然整批來，那表示婷慧要開畫展了嗎？我們要被待價而沽嗎？那麼，婷慧會因畫展成功而有能力買個大空間當畫室嗎？她的藝名能見度會更高嗎？我會被選中而有新主人新空間嗎？

我忐忑不安，全身感到悶熱，色彩好像要融解到廠房外的泥地上。面臨可能被賣出的命運，我變得自私無比，後悔曾經想以自己去換取婷慧的經濟困窘，那是多麼鄉愿違心的想法，此刻我希望賣掉的是其他畫作——我的那些兄弟姊妹。希望他們可以因裱框而更彰顯他們的氣質，受買家青睞而願付出高價蒐購，將他們高掛在高貴的場合受到他人的仰望。我寧可躋身到婷慧狹小的畫室，也不想到陌生的環境受到不相識者的注視。我不相信將我產生出來的婷慧可以忍受我的離去。光是看到婷慧過來小心翼翼將我拿在手裡，我彈跳了一下差點跌到泥地上時，她急得踉蹌一步，將我搶救回來，緊抱在胸前，我就知道，即使我被裱裝了起來，那也是為了修飾婷慧潔白無瑕的牆面！

大象的生日

雖然我的生理年齡已經老邁，人們以垂憐的眼光看待我有限的來日，但我內在仍然青春如壯年時對四周環境充滿好奇，我的腳步可能遲緩，我的心思和記憶卻旺盛。行動跟不上內在心智的活動，難免有時令我憂鬱，憂鬱情緒來臨時，像天空突然飄起一片烏雲，心底颳起一陣焦躁難安的悶風，那是難以控制而我也無能控制的。

但大多時候我可以心平氣和的隱約看到平地上美麗花草的盛開，水灘上縈飛的昆蟲，即便牠們停在我身上，我都十分喜悅的歡迎牠們；我也可以看見遠處天空浮著白雲，並從雲朵的形狀判斷氣候的變化；我也看到飼育員為我送來食物和清理糞便時的辛勤模樣，他會摸摸我的鼻子，我也會捲起鼻子碰碰他的手和臉頰，他是最親近我照顧我的人。

今天逢上我的七十歲生日，動物園為我舉辦了一場大象描繪活動，開園以後，許多小朋友大朋友已圍在柵欄外，手上拿著畫板和色筆，從不同角度捕捉我的身影。身為一隻亞洲母象，也許動物園和人們認為我的意義非凡，能夠活到平均年齡，表示這個動物園對我照顧有加，也表示亞洲象的隻數還包含了我，在亞洲象日漸減少下，我的年齡值得其他象群的尊敬。可是為何我是這天生日？這是夏熱的季節，我出生於夏日嗎？難道是在我出生的地方，每天都可算夏日，就把我的生日訂為夏日的某天？我不知道生日是如何推算的，動物園一定有他們的資料來源。我最早可溯的記憶是在森林裡的母親身邊，我還是頭幼象，成天跟在母親身邊遊晃。

那是印尼某個村落後頭的森林。在近乎原始的林相裡，母親和牠的象群朋友們被一群木材工人驅策運載木材，這群象群原本在林相深處過著閒散和戲水的日子，某天牠們走離象群後，來到森林離入口不遠的疏林間遊玩，被一群工人發現後就圈限了牠們。而後工人築欄，將牠們視為勞力，晨起就成隊進入正在砍伐的林部運材，日落而息。有天我母親從隊伍中逃離了，牠以三十公里的時速奔過一片已因過度伐林而殘敗的荒野，奔入林中，穿過密集的樹木叢，涉過溪流，靈敏的聽覺感受到原來象群群聚的腹地，經兩日夜來到牠們身邊。牠的離開引起象群苦力隊伍的一陣騷動，有些大象想跟著牠奔跑，幾個工人團團圍阻，工人顧著不讓牠們四散，也就無力追回我的母親。我不得不說我的母親十分勇敢又富有智慧，身為一頭年輕的母象，牠有雄性的豪情。

逃回原生象群中的我母親再怎麼膽識超群仍然受了點驚嚇，在雨林中和我父親相識後，我父親不斷以象鼻撫慰牠的驚恐。牠們在一棵尤加利樹下完成了授與我生命的儀式，在我仍在母親子宮裡的六百六十天期間，父親形影不離的跟著母親。牠們在雨林中悠遊，在樹叢中滿足口腹之慾。象群所經之處，樹木的枝葉很快被牠們食用精光，所以牠們不斷遷徙，尋找更翠綠鮮嫩的枝葉維持生命。幸好雨林的大量雨水使植物生長快速，失去的葉芽很快又竄生，象群來來去去，在覓食的路途中孕育下一代。我便是在這種天天行走取食、水邊滾翻休憩的生活中與母親聲息相通，直到母親臨盆，我出母胎，一睜眼就辨識了母親的氣味，偎在牠懷裡吸取牠溫暖的奶汁，需索無度的隨時嗅向母親的奶頭討奶，母親只能隨時側臥或蹲踞滿足我的需求。

為了便於我的成長，父母親在一個森林的疏林區住下來，那裡有溪流淺灘，便於洗澡喝水。漸漸脫離哺乳期後，母親教導我如何用前腳掘土挖樹根，如何辨識植物的味道，我跟著牠吃軟草、剖樹皮、捲樹枝、挖土坑，無論母親走到哪裡，我就跟到哪裡，於是我們憑著聽覺嗅覺，又與我們的同伴會合，加入群體。就是在學習覓食求生的遷移路途中，母親向漸漸成長的我講述牠被捉去當運材勞力及逃逸的過程，母親要我深深牢記牠的經歷，並且不要重蹈覆轍，因此我延續了母親的記憶，即使離開母親已有六十年，牠可能已在天國等待我的再次追隨，我仍深深記得牠跟我講過的生命故事。

但是牢記經驗並不能使我們免除不幸的再次發生，人類動作的敏捷和智慧高於我們，他們有巧手可以運用各種工具改變我們的命運。先說說我父親，在我八歲時，父親與友伴在水塘戲水，那是一個淺草區的自然池塘，雨季裡塘裡的水常滿著，我們在那區停留了三天，第三天幾頭當了父親的公象在那水塘翻滾了一回，把身上滾得濕答答以消暑熱，並喝了大量的水，牠們幾分鐘後就紛紛倒地，捕象人觀察到象群的滯留，所以前一晚在水塘裡下了藥，他們看到公象昏躺在地上後，就搬來鋸象牙的工具，硬是拔走了父親和牠的友伴們的門牙，牠們嘴裡流血，躺在地上停止呼吸。我們這群象即刻轉向奔走，防避那些人再次利用這個淺草區傷害我們，但我和我的小象同伴卻從此失去父親，我們的母親們失去丈夫。我們以時速二十公里奔走到林子裡隱蔽，氣氛非常哀傷，大家都在密林裡蹲坐了下來，我們一起舉起鼻子，向天空低鳴，向死亡的父親致哀。

我們不斷遷徙，吃光了一地的樹枝樹葉、剝光了樹皮後，又遷到另一地，而我們的群數在減少，有的被誘捕，有的走失，有的留在某處等待生產。我們的腳磨過粗礪的碎石，踩過乾硬的枯枝，我們眼睛向下俯視，尋找可以躲避捕象人的路徑，可是我們的視覺畢竟不好，常常在慌張中迷途失去方向。下俯的眼神也透露我們覺得生命太過卑微，一直在逃離，萬一不幸成為人們的役使，我們只得認命以勞動取悅主人，以取換可以充飢的食物。

失去丈夫的母親明顯的心情悒鬱，牠說，沒想到妳的父親也逃不過人類的貪心啊！我寧可去幫他們勞役換取妳父親的生命啊！

那只是一個懊恨的說法，人類是由不得我們交換條件的。我們的語言系統不同，人類不會有耐心由我們的肢體語言猜透我們的心思。

我仍緊緊跟在母親身邊，以安慰牠的悒鬱心情，我們的組織裡有眾多母象，牠們保護我們，在凶猛的動物靠近我們時，母象們會把我們小象圍住，一邊逃跑一邊在外圍向猛獸示威。母親數次為了讓我安全逃逸，和其他象母親們跑在隊伍的後面，邊停下以鼻捲起石塊擲向衝來的土狼或猛豹，曾經我們有母象在奔跑的過程中跌傷成為猛豹的獵物，我十分擔心母親遭遇相同的命運，在奔跑時總不時回頭看牠，總發現牠也把眼光投射在我身上。

許多次危急的情況我們都逃過，萬一有同伴成為獵物，我們都會在逃開後舉鼻致哀。感謝牠的犧牲使我們得以脫困。

躲得了猛獸，卻躲不了人類。我十歲那年，在一場遷徙中，誤踩埋在地上的圈套，有一隻腳被兩片附彈簧的木片夾住，木片連接的繩索圍套在一棵粗大的樹幹上，我的腳一被夾住，身體便跌了下來，象群都來看我，牠們還用鼻子試圖解開木片和繩索，母親用鼻管不斷撫拭我的鼻管，牠眼裡流著淚，一邊用前腳去踢木板，想把木板踢裂。就在象群努力的做著這些營救我的行動時，幾個拿著獵槍的男人站在不遠的樹下，舉槍瞄起大象們，象群的老母親是我們的指揮者，牠舉鼻鳴響，要所有象快逃出，牠們便都往深林裡奔跑，我的母親停留在我身邊，第一枚子彈擦過牠身邊，我要牠快走，我說：放心，我長大了，我會照顧自己，妳快跟上牠們，快！

另一頭大象來押著母親跟牠奔跑，母親的智慧告訴牠，我是母象沒有象牙，人類不會要我的命，頂多捉了我去服勞役或去馬戲團裡表演，重複牠曾有的經驗，所以在牠轉身奔離時，牠說：要發揮智慧，學學母親，適時逃跑，或順從的聽話。

那是牠留給我的話。相隔已經六十年了。我沒有忘記。六十年來我也常想著，失去了我的母親是否常想念我並擔心我的下落呢？如果命運有遺憾，我最遺憾的就是無法讓母親知道我的下落。

那群人以捕獸器活捉我，是為了把我賣個好價錢，飄洋過海供應動物園的需求。我既不必服勞役去運木材或馱重物，也不必接受訓練成為馬戲團裡取悅群眾的動物明星。我被送上船，彷彿要去過天堂的生活，有人供養，食宿無憂，不必再為了猛獸的追捕而奔跑逃命。

人們驅策我進到一只有柵欄窗的鐵籠裡，我溫馴的依指示走進鐵籠。母親臨別前說逃不掉的話，就要順從啊，這是保命的唯一法則，母親的話支持著我一生的長途之旅。

他們將鐵籠輸送到大船上，在大船的某一個船艙裡，我和三只裝著其他動物的鐵籠當了鄰居，離開多島多森林的國家，開始我們的海洋之旅。船在海上搖晃，風浪並沒有很大的波動，可能為了運送我們，運送公司選了氣候穩定的日子行船，他們總不至於讓動物運送到目的地時，因暈船而出現生理病狀。可是船身搖晃難免，我可以感受水波打在船身上的力道，我站很久，鐵籠的空間可以讓我坐下來，但我一旦坐下來，爬起來會相當困難，因為運送的過程中沒有足夠的食物讓我產生力氣，我擔心我的四肢無法撐起龐大的身軀，因此整個運送過程我只好站在鐵籠裡，偶爾甩甩鼻管踢踢腳，讓身體維持少量的活動。而大多時候，我以想念母親及我們的叢林生活打發時間。

太陽經過了三次的升起又降落時，我們的船終於停靠港灣。我們被運送上卡車，經過城市密集的大樓，人們站在街上好奇的觀看鐵籠裡的動物，他們也許看到了我的耳朵或鼻管，知道我是一頭大象，對我而言，那些大樓才是恐怖的景象，帶給我壓迫感，在鐵籠中我看不到它們的頂，以為群樓就是天空。

終於經過漫長的海洋行程與公路行程，在我的腳快要支撐不住身體，全身有一股往下墜的感覺時，我的鐵籠被吊到動物園區的大象飼育所門口，鐵籠的門打開，陽光的光亮使我一時看不清外面景象。有人吆喝我走出鐵籠，其實不必他們吆喝，我急需走動，我往光的所在走出去，步履蹣跚。通向飼育所的走道兩旁架起了粗大的鐵欄，以防我走錯方向。進到飼育所，那裡準備了許多枝葉和一缸子的水，我先飲了水，即大吃特吃起成疊的枝葉，無法顧及附近的狀況。

這就是我的歸處，從踏入飼育所的那一刻，我就沒有離開過動物園。初到的第一天我大吃大喝後，就展開一連串的身體檢查，確定我的健康狀況。我得強調森林裡的生活，和母象們的妥善保護，使我維持了相當良好的體能，否則我怎能忍受三天三夜關在鐵籠裡漂洋過海而通過了動物園裡的體檢呢。一切檢查都完成後，我在飼育所裡待了將近一個月，慢慢適應了這裡的日出與日落時分，溫度與濕度的變化，胃口和食量維持穩定後，動物園讓我和遊客見面了。我初來時是夏天，白天的太陽很大很熱，我想，所謂我的生日也可能是我來到動物園那天，否則我生在叢林裡，他們怎能確知是某月某日。

走出飼育所，走過一個有圍欄的通道就是柵欄圍起來的觀賞區了，那裡有足夠的空間供我走路，但我無法奔跑，我只能在圍成扁圓形的柵欄內來回走動，柵欄外還有一圈柵欄，那是遊客的觀賞區。以兩圈柵欄隔開我和觀賞者，我想是為了保護遊客，防止我伸長了鼻子傷害他們吧。第一天，很多人好奇來看我，我也對他們好奇，他們大大小小有男有女，穿著各種顏色的衣服，讓我看得眼花撩亂，眼睛十分疲勞，以致在柵欄內走不了多久，就靠到岩壁的水坑邊休息了，那裡有樹蔭，還有水氣的滋潤，會讓我乾燥的皮膚感到舒服一些。許多相機攝取我的身影，我一點也不在意的閉起了眼睛，好好補充了一頓睡眠。

獨自在這區待了兩個月後，他們將我移到另一邊的柵欄區和一頭公象住在一起，我們擁有同一所飼育所，那意思是，我和公象成為一對夫妻了。來看我們的遊客在那期間暴漲，柵欄外老是圍著人，我不知道他們期待什麼，當我們互相磨蹭長鼻時，他們拍掌喊叫，當我們互相為對方噴水時，攝影機的咔嚓聲非常靈敏的傳進我們耳裡。公象比我年長許多，我不知道牠幾歲，牠也忘了自己該有的年齡，牠說在動物園每日生活類似，幾歲並無意義。那時動物園並不會特別為大象舉辦慶生。

我們初見面，牠就問我怎麼進來的，我很高興終於有對象可以訴說離開森林以來的滿腹心事，我把我的歷程說了一遍，牠像兄長那樣仔細聆聽，然後在往後漫長的相處日子裡，牠斷斷續續以牠的經歷回饋我對牠的情感依賴。牠重複的訴說，可能我也犯了重複訴說經歷的毛病，但在動物園以後的生活只在柵欄之內，我們又有多少生活內容可訴說呢？我們的原鄉在森林，在草原與水窪間，那裡才有很多遷徙的故事。

牠說牠是一頭緬甸象，在森林粗大的林木間遊走，長到八歲就很有力氣可以捲起粗大的樹幹。牠成天和一群年輕的公象在一起，牠們的父親習慣偶爾出去獨遊，所以常放任牠們年輕的象廝混一起，母親雖然在附近，但牠們常頑皮的躲開母親的告誡，溜出象群玩耍。有天剛出樹林往水沼走，一團軍人持槍從大岩塊間奔跑出來團團圍住牠們，他們以精準槍法般的技術，在牠們身上擲下繩索，繩索的一端繫在樹幹上，軍人又滿頭大汗加工，將繩索繞上牠們前腿與脖頸間。每頭象由兩個持槍的士兵押解，一路走向軍營，成為馱載補給品的戰象。牠嘲笑那些軍人太費事，再沒有其他動物比象溫馴，軍人無須費那麼大工夫套複雜的繩索，在重重的人牆和槍枝下，牠們不會輕舉妄動逃跑，牠們會順從命運，因為牠們曾在森林裡看過那些槍枝怎麼射出子彈讓公象倒地，取走牠們堅硬的象牙。

成為一名戰象並沒有帶給牠太大的榮耀感，牠們實際的任務是當貨車般的載著沉重的補給品跋涉長途，並試圖躲開敵人的路線。而行走的路線通常有軍人帶領，牠們只要認分的行走，就可以完成任務。和在動物園比起來，牠寧可當戰象，因為行走是大象的天職，而且可以就地取食，不管舉起鼻管捲樹葉或剝樹皮，自己採來食物食用，有無比的成就感。但和真正的戰象比起來，牠們不過是冒犯了先賢的這個名諱。

大象的先祖們，在遙遠的古代立下良好的英勇典範，在地中海沿岸諸國、埃及、波斯、印度都曾功勳彪炳的立下戰功，牠們穿戰甲，牙尖套上金屬武器，載著士兵上戰場執弓箭衝鋒陷陣，大象以長鼻捲抛敵人，再補上一腳，蹂碎戰具與殘敗的敵人，牠們集體奔馳的壯大軍容足以嚇退裝備不足的步兵、阻嚇戰馬，使敵人落荒而逃。那樣具有武鬥能力、真正上戰場打鬥的才算是戰象，也是大象勇武能力的真正運用，許多國家將大象視為權力象徵不無道理。而現在的槍械子彈早已取代弓箭，大象淪落為役夫，牠說，只不過載運供給品就稱為戰象，不是太褻瀆我們了嗎？

所以牠並沒有以那段當戰象的日子為榮，牠只懷念離開森林前與家人共處的時光，牠們穿走密林，聆聽蟲鳴鳥叫，吃淨一片樹林雖驚動了其他動物引發動物的大逃竄，也讓另一群生物可以藉乾枝碎葉維生，土地重新得到碎葉殘枝腐化後的養分，再孕育新的生命。牠們走長程的路途，在黃昏的時候停在水窪處滌洗足底、沖涼身體，在星星的夜晚舉鼻招呼星子、吸飽月光，空曠之處吹來的清涼夜風拂去長途行走的勞累。那裡舉頭一片綠林曠野，牠懷念綠林的風綠林的雨及曠野的陽光。這個最終的懷念與我的不謀而合，所以我們以共同的綠林記憶和裝進鐵籠渡海的經驗交心，我們只要交換眼神，就可以看穿彼此的心事。

幾年後，我們有了兩頭小公象，牠們出生在動物園的飼育所，牠們不知道什麼是森林和曠野，什麼是溪流上的岩石與碎礫，牠們更不知挖土掘根的樂趣，也無法了解被猛獸追趕的滋味。牠們無法奔跑，以為自己沒有奔跑的能力。當我和牠們的父親講述我們的森林和被擄經驗時，牠們以為我們在講發生於古代的床邊故事。但由於基因頑強的記憶能力，我肯定我們所講述的故事在牠們成年後，也會講給在動物園出生的小子孫們聽，日後成為牠們的先祖傳奇。一如牠的父親所講述的古代戰象故事，也是由象群一代代傳播下去，而在心裡根植了我們的價值。

以六年的時間生了兩頭小公象後，我應該還有能力生育，但丈夫已垂垂老矣，牠因太久不能奔跑，心情常鬱鬱寡歡。牠的關節逐漸退化，只能緩慢的行走或一直站在樹下不動。我們的第一頭小公象長到十歲時，由園方送到另一個動物園，做為在那動物園孕育新生命的準備。小公象送走後，做為父親的更是心情低落，食慾變差。幸好我們還有一頭小公象跟在身邊，聊可慰藉老父走入暮年的落寞心情。

在我們數十年如一日的動物園生活裡，走到生命的終章宛如夜空中急速飛落的流星，牠終於趴臥在地上閉上眼睛關上呼吸的門道，牠所走過的那個時代隨牠消失不見。人們藉由牠的離去，重溫了牠初入動物園的時代歷史，牠的戰象經歷使牠成為動物園英雄，牠的肖像轉印在水杯、毛巾、帽子、棉衫、筆記本、鉛筆盒上。牠最後留給人們回顧小時候逛動物園的印象，小時候的他們看到牠正舉鼻長鳴，或在水坑塗泥、或以粗大的象腳表演挖土尋根的遊戲，他們共同的記得了第一次看到這麼龐大的身軀，以致靠在柵欄上觀看良久，他們最終懷念的是那個小小的自己。

我帶著小象繼續動物園歲月，我滿喜歡下雨天，那天遊客會很少，而我可以淋得濕漉漉，重溫雨林的濕潤感。小象緊隨著我，我也寸步不離看顧牠，這令我更想念我的母親，牠在雨林中是否也逐漸衰老？是否還惦記著我的安危？或者已在天堂等待我的會合？

我也逐漸老去，動物園為我的孩子買來一頭年輕的母象，那是從別的動物園送來的，牠們在隔壁的柵欄裡組織家庭，那是我所樂見的，我的小公象習慣動物園裡的飼養方式，牠的母象也沒體驗過叢林生活，牠們的成長背景相近，牠們已經茁壯為成象，帶領著牠們家庭的新成員，成為動物園的另一個焦點。我則和牠們隔離了出來，我患有心臟病和些微的憂鬱，動物園認為我適合獨居。我難以忘記早年的生活，很想再有一次機會奔跑，當我心中那片烏雲出現時，我想衝破柵欄奔向曠野尋找陽光，但我的腳不但不聽使喚，還長了一個怪瘤，動手術割除後，我更常感到腳跟無力長站，雖然動物園常幫我清洗腳底，我卻日漸感到腳板疼痛。若能奔跑是多美妙的事，即便後面有猛獸追捕，我都願以生命交換一次奔跑的機會。

大朋友小朋友，在柵欄邊拿著畫板畫七十歲的我，他們畫的都是站立的我，而我的腦海浮現的是在逃命過程中的狂奔身影，及狂奔中與母親眼神的相望；我也記得大遷徙時，我們時常快步趕上象群，以便在黃昏前抵達有水的地方，那時腳雖勞累，精神卻無比暢快。

有個成年人畫我提起左前腳踢出一個土坑，他一定是小時候來過動物園看我，那時我還壯年，確實以踢挖土坑自娛，但也常遭飼育員糾正，動物園並不希望我們破壞土地的平整。

柵欄外有人拿著大象造型的氣球，為我慶生。我不知道我是不是真的七十歲，但在生理上我夠老了，第六顆磨牙已經磨損不太嚼得動枝葉，我也沒有第七顆磨牙可替換了。如今我還能站在這裡供遊客畫像，我不希望是因我活到了七十歲，而是因為我們被迫遠離了原生家庭，只與幾頭象相處，窮畢生生活在動物園取悅了人們。

附錄

迷途有時，而惘然有時——專訪蔡素芬

陳蕙慧／採訪撰文

Q 素芬的新作《別著花的流淚的大象》短篇小說集裡，有一個特殊的閱讀樂趣，收錄的十篇文章兩兩一組，呈現「連作」又為「互文」的設計，不僅在前文製造了餘韻與想像空間，也在後文揭開前文留下的小小謎團，帶領讀者循著文字脈絡，不著痕跡地進入文中角色的內心，參與他們的故事與命運。

這五組文章以時間差、人稱角度、人類以外的敘述者，來強化心境、經歷、感受的反差與對照，讀的人原本是遠遠地看，不覺被拉進逼在眼前，產生了一種緊張感，我以為這是極高的書寫功力，是一種不動聲色的演奏，看不出哪裡用力，但弦漸漸繃緊了。

互文與對照的寫作手法，是一開始就構思好的嗎？素芬是先設定好幾個特定的主題，再以如此表現形式，展現連環套般層層交疊的旨趣嗎？

A　這本短篇小說集原本先是三個單篇，其中一篇題目為〈往事〉，有天突然想到人們常說「往事如煙」，就想不如以文中的女性角度寫一篇〈如煙〉吧。而寫了〈往事〉、〈如煙〉這一組，就產生了以「雙聲」的形式經營這本小說的想法，也就是兩兩相對，可是又不希望太工整，所以以時間差和角色差拉出不同的思考角度，藉以表達不同的遭遇和價值觀會影響抉擇，人生要面對的問題也就不同、命運內容也會不同。主題沒有特別預定，都是在到底要寫什麼的疑問中，先隨意開頭了幾個句子，心中就有概念要寫什麼了，邊寫邊組織故事和串連，主題也就成形。

Q　此外，〈紗層裡還有紗層〉、〈瓶蓋裡還有瓶蓋〉，似乎也可呼應以上的想法。前文寫一個二十多年來埋首在為他人做衣的單身裁縫女師傅，因為一個偶爾走進來訂製婚紗的女性，而喚起她當初學裁縫是為了想要親手裁製衣裳來展現自己身體線條的初衷，望著委託人送過來大匹純白網紗，低頭看看自己已然鬆垮走樣的體態，「時間波浪般一層一層堆疊，白紗是浪花朵朵」「翻著，揉著，捲著，她將自己裹入」「層層白紗，浪飛漫舞，終至將自己團團圍成一團像繭般的白色雲霧」。

紗層既象徵女裁縫師被隔絕在外與錯失的愛情、婚姻，束縛著她的身分、過去，以及想望，同時也包覆了遺忘、複雜的人際關係和生活，為她帶來專注、安適與安全。那麼，瓶蓋呢，另一個即將走入二度婚姻的女子，又是何等的牆內與牆外心的風景？

或者，素芬願意再深入談談這兩篇小說背後的創作背景與發想，有什麼直接觸發的生活體驗與素材？

A 我寫作的很多靈感都是偶發的，一旦覺得那靈感有趣，就會把它組織出意義來。紗層的層層包裹確實有其涵義，女裁縫師為人作嫁衣，就是裁不成自己的嫁衣，她並沒有排斥婚姻，潛意識存在嚮往，以致將顧客的婚紗拿來裹自己，但婚姻的到底一定是幸福嗎？也可能是一個生活的繭換到另一個繭。沒有婚姻並不表示沒有拘束，生活中的拘束以不同的形式存在，就如妳在小說中所體會到的來自身分、生活的束縛。處心積慮要披第二件婚紗的湘湘期待中的婚紗，團團圍繞如繭，也預示和諷刺了第二次的可能綑綁。對照另一篇以湘湘為視角的〈瓶蓋裡還有瓶蓋〉講的正是湘湘這種一往無疑要把自己視成瓶身，找個男人當瓶蓋給予婚姻的安穩，一旦瓶蓋旋緊了，瓶身就密合完整。但也可視為拘禁。何況她難忘青春戀人，為他收集情感轉嫁的瓶蓋，這是雙層危機，一方面鎖住自己，一方面隱現了情感的不單純。

我曾經走入一家裁縫店，店主人就是女裁縫師，和她攀談了裁縫這一行，寫〈紗層裡還有紗層〉時，她的裁縫店和這段經驗有使用上。我自己也喜歡做裁縫，下過功夫到可以做衣服的程度，書寫這篇時還中斷書寫去做了許多裁縫物件，從中再次體驗一位裁縫師的工作過程。

Q 值得一提的是，〈長巷〉的續篇〈畫話〉，很難得地以一幅有感知能力的抽象畫為第一人稱講述「他」如何做為一個男人誕生了，「他」對將他創作出來的女畫家慧仔的依戀，「他」對掛著「他」以及其他兄弟姊妹的空間裡空氣、溫度、灰塵、光線、氣味、聲音……的感受，「他」對遷居（遷徙）的恐懼擔憂。這跟素芬自己作畫的經驗有關嗎？最後的結尾可是畫者（所有創作者）的心情寫照和承諾？

A 作畫和研究美術的經驗應幫助了我以畫發聲的信心。〈畫話〉我把它當成二〇一二年出版的短篇小說集《海邊》中的〈海岸風情畫〉的系列作，這兩篇是為另一本需花較多時間寫的長篇熱身，預排了與長篇內容的連結，〈畫話〉中這幅以第一人稱敘述的抽象畫，也就是〈海岸風情畫〉裡的一對父子的化身，但它可獨立成篇講述一幅畫與它的創作者之間的關係。融入人性與故事，糾葛的情感也就產生。以反射心理來看，一幅畫不想離開它的主人，可能是它的創造者不想離開作品，相信這是可理解的無論哪種形式的創作者心情，無關好壞，而是心智投注的情感因素。

Q 最後，實則展卷的第一篇〈別著花的流淚的大象〉，就深深地打動了我。寫一個安靜守本分的動物園飼育員，如何盡心盡力地照顧年邁的大象，卻囿於完全喪失家庭的主導權，對同樣年邁飽受委屈的老母親無能置之一語。體力漸失的憂鬱母象負擔著讓人類觀賞任務的艱難，對照老母親在飼育員神經質又專擅的太太與兒子爭吵後，走避至無人的公園裡獨坐過久，竟至起不了身的氣餒與委頓，再讀作為續篇的〈大象的生日〉，終不忍卒讀。

強大的哀傷攫住了我，因為作者筆下那強大的溫柔。被撕裂的、被剝奪、被壓制的親情、愛，在這個短篇裡，展現了火燙般的高溫。表面卻是靜的。被靜置的、深藏的溫柔，瞬間成為熔點，化為安靜的淚水。

我想問的是，如果本書是形式與概念先行（而非單純的小說結集出版），素芬是否期待讀者能夠將整本書當成一個完整的小宇宙，來思索貫穿每篇文章底層的某些主題與元素？那是什麼？而把定為書名的〈別著花的流淚的大象〉和〈大象的生日〉這兩篇互文拆了開來，分別做為首篇和壓軸，有否特別的涵義？

A 由於這本短篇小說集第一篇寫的是〈別著花的流淚的大象〉，不同的讀者表達了他們的喜愛，就很單純地以這篇為書名，在寫的過程中，由於兩兩互文成形，那麼最後一篇，就讓大象來為書關門，以呼應第一篇。〈大象的生日〉中的大象，可以是〈別著花的流淚的大象〉中的母象，也可以是所有在動物園裡受觀賞的象，它的身分是擴大的，和前四對互文不同，這也是可以和〈別著花的流淚的大象〉分開，放在最後的原因。由大象始，由大象終，但終場上來的大象意義不同，牠與人性相對照。大象有家庭觀和群聚觀，和人類很像，我相信動物的靈性，由文中大象與母親和象群的分離，來訴說對親情與自由的眷念，既對照了開文衰老母象與飼育員母親的際遇，也呼應了其他篇章對禁錮與自由的人性拉鋸。集中有篇〈妳在哪裡〉反而成了這本集子的一個基本詢問，無論工作、情感、人生處境、家庭地位，究竟我們在哪裡？在哪個位置？所在的那個位置給了我們什麼命運？有時方向明確，有時迷途，有時惘然。我對書如何被閱讀沒有期待，只期待自己能寫出什麼。唯是這書完成時，有種深深的惘然感。

——原載二〇一六年七月《聯合文學》雜誌第三八一期

＊本文作者陳蕙慧女士，資深出版人，文學活動策展人，譯者。曾任商周出版、獨步文化、麥田出版總經典兼總編輯、時報文化總編輯。現任群星文化、青空文化出版顧問，IC之音「經典也青春」廣播節目主持人。

蔡素芬作品集3

別著花的流淚的大象

作者	蔡素芬
責任編輯	張晶惠
創辦人	蔡文甫
發行人	蔡澤玉
出版發行	九歌出版社有限公司 臺北市105八德路3段12巷57弄40號 電話／02-25776564・傳真／02-25789205 郵政劃撥／0112295-1
九歌文學網	www.chiuko.com.tw
印刷	晨捷印製股份有限公司
法律顧問	龍躍天律師・蕭雄淋律師・董安丹律師
初版	2016 年 8 月
定價	300元

書號　0111203

ISBN　978-986-450-078-9

（缺頁、破損或裝訂錯誤，請寄回本公司更換）

國家圖書館出版品預行編目資料

別著花的流淚的大象 / 蔡素芬 著. -- 初版.--
臺北市：九歌, 2016.08
256面 ；14.8×21公分. --（蔡素芬作品集；3）

ISBN 978-986-450-078-9（平裝）

857.63 105011608